Sobre la autora

Ana Castillo es también la autora de las novelas *The Mixquiahuala Letters, So Far from God*, y *Sapogonia,* la colección de cuentos *Loverboys,* el estudio crítico *Massacre of the Dreamers,* y la colección de poemas *My Father Was a Toltec.* Ha sido galardonada con el Carl Sandburg Prize, el Southwestern Booksellers Award, y el American Book Award. Vive en Chicago con su hijo Marcel.

Por Ana Castillo

Novelas

The Mixquiahuala Letters

Sapogonia

So Far from God

Peel My Love Like an Onion

Poesía

My Father Was a Toltec and Selected Poems 1973–1988

Cuentos

Loverboys

Ensayos

Massacre of the Dreamers:

Essays on Xicanisma

Carmen la Coja

Carmen la Coja

Ana Castillo

. . .

Traducción de Dolores Prida

Vintage Español
Vintage Books
Una División de Random House, Inc.
New York

PRIMERA EDICIÓN DE VINTAGE ESPAÑOL,
SEPTIEMBRE DE 2000

 Publicado en los Estados Unidos por Vintage Books, una división de Random House, Inc., New York, y simultaneamente en Canada por Random House of Canada Limited, en Toronto. Publicado originalmente en inglés en encuardernado en Estados Unidos como *Peel My Love Like an Onion* de Doubleday, una división de Random House, Inc., en 1999.

Biblioteca del Congreso Catalogando-en-Datos
Castillo, Ana.
[Peel my love like an onion. Spanish.]
Carmen la Coja / Ana Castillo ; traducción de Dolores Prida—
1. ed. en Español de Vintage
p. cm.
ISBN 0-375-72468-0 (alk. paper)
1. Hispanic Americans—Fiction. 2. Chicago (Ill.)—Fiction.
I. Prida, Dolores. II. Title.
PS3553.A8135 P4413 2000
813'.54–dc21 00-043309

www.vintagebooks.com

Impreso en los Estados Unidos de América
10 9 8 7 6 5 4 3 2 1

Para mi madre, por supuesto,
in memoriam

Agradecimientos

Quiero darle las gracias a mi editor, Gerry Howard, y a mi representante, Susan Bergholz, por el estímulo y apoyo que me han brindado con este proyecto. A mi amiga y asistente, Elsa Saeta, no hay forma de agradecerle las tantas maneras en que me ha apoyado. También le doy las gracias a Tomás de Utrera. Él sabe por qué.

"Mi vida sería un bello cuento hecho realidad,
un cuento que inventaría sobre la marcha."
SIMONE DE BEAUVOIR
Memorias de una Hija Abnegada

"Como dicen los franceses, Dios ha muerto, Marx ha
muerto, Freud ha muerto, y yo no me siento muy
bien que digamos."
Escuchado por Carmen la Coja un día en
el tren camino a su trabajo gaché.

Deshoja mi amor como una cebolla,
Una translúcida capa tras la otra,
una budista infinidad del deseo.
Respiro tu piel
y un vapor de recuerdos se levanta,
me desgarra los orificios en carne viva
con los tantos aromas de ti.
Cuando te vayas, Tezcatlipoca,
seré yo quien te ha evaporado quizás,
criatura encornada a quien
he dado alas, regresa. Descansa de nuevo en mis
delgados brazos, pierna con pierna,
como retorcidas ramas entrelazadas en un sueño
milenario.

Las entregas

Capítulo 1

Capítulo 2

Capítulo 3

Capítulo 4

Capítulo 5

Capítulo 6

Capítulo 7

Capítulo 8

Capítulo 9

Capítulo 10

Carmen la Coja

Capítulo 1

Uno: Lo recuerdo a él oscuro.

Lo recuerdo a él oscuro. O a veces el recuerdo es oscuro. Sí, él era oscuro. Todavía lo es, excepto que no es fácil pensar en él como si todavía existiera, y a donde quiera que miro no está. ¿Cuál es la expresión? Agua, agua por todas partes... Yo estaba llena como un recipiente, una olla pre-colombina enorme, un bracero quemando copal, una urna funeral, un pozo. El cubo de Jill subiendo y bajando, el calderón de bruja borboteando sobre el fuego.

Una vez estuve enamorada. Cuando una está enamorada no basta una metáfora. Ninguna nos parece cursi. Te sientes mareada de deseo. Sí, mareo, vértigo virtual. Que alguien me sostenga, por favor, me estoy enamorando. Nada muy serio, no hará falta una ambulancia. Estoy segura que solo necesitaré unos días en cama. Con él.

Tu propia saliva sabe a miel en tu boca, como dijera una amiga, muy segura de sí. La ciencia de estar enamorada. Miró alrededor de la mesa, un grupo de mujeres maduras una tarde de paseo. Todas hemos estado enamoradas alguna vez, ¿no? Seguramente sabemos de la saliva y la alquimia que desatan las emociones. ¿Entendés? Cuando estás enamorada hasta el agua de la pluma sabe a miel. ¡Tu propia saliva sabe a miel! Recalcaba con su acento argentino. Las demás también miramos a nuestro alrededor, sonriendo algo incómodas. Bajamos la vista hasta nuestros elegantes cafés y postres. Nos sentimos agradecidas cuando el camarero rompió el silencio, nos sirvió más café y depositó sobre la mesa pequeños envases plásticos llenos de crema. ¿Me entendés? ¿Verdad? preguntó de nuevo.

Quizás así sea el amor en Buenos Aires.

Pero debes estar verdaderamente enamorada para que los clisés reboten como boomerangs contra tu frente con el repique de la verdad evangélica para tus oídos que han vuelto a nacer.

A pesar de todo, así es. Un amor traspasado de clisés que nunca antes habían experimentado de la misma forma, y por lo tanto no puede ser un clisé. Amor que se desata abruptamente, sin aviso, como una lluvia de verano. (¿Ves lo que digo sobre las metáforas?) Y sí, de pronto todo es ligero y cálido e inesperado. El arco iris aparece después, durante tu caminata al final de un día largo, estresado, y la ciudad luce completamente gris y tu madre está en el hospital y el hermano de tu mejor amiga lucha contra el SIDA y tú recuerdas la noche en que él y tú hicieron el amor cuando no estabas enamoradas, ni él de ti, hace ya mucho tiempo.

5

Te pones tus nuevas zapatillas de correr ensambladas en algún país extranjero por mujeres y niñas a sueldo de esclavos así que no tratas de pensar en lo que te costaron, y comienzas a caminar las calles de tu ciudad al atardecer. Tú dices tu ciudad igual que los americanos dicen que este es su país. Nunca te sientes cómoda diciendo mi país. Por alguna razón tu apariencia mexicana indica que no puedes ser americana. Y mis primas que han visitado México pero nacieron de este lado como yo, dicen que allá ellas definitivamente no son mexicanas. Porque naciste de este lado te llaman pocha, tus parientes crueles y los extraños en la calle y hasta los camareros en el restaurante cuando te escuchan susurrar en inglés y hacen muecas de disgusto al escuchar tu español maltrecho. Pero a pesar de todo, por lo menos tratas. Tratas como nadie en el mundo trata de estar en dos lugares al mismo tiempo. Ser pocha quiere decir que tratas aquí y tratas allá, de este modo y del otro, y aun así, no encajas. Ni aquí ni allá.

Pero tu sí puedes decir esta es mi ciudad porque Chicago es grande y lo suficientemente pequeña para ser tu ciudad, para ser la ciudad de quien la quiera. Como Nelson Algren dijo alrededor de la época en que naciste —*Chicago . . . siempre tiene dos caras . . . Una cara para los Emprendedores y una para los Empréndelo tú. Una para los chicos buenos y otra para los malos.*

Y yo amé al chico bueno y al malo que a veces eran el mismo hombre.

. . .

Una vez haciendo fila para los boletos en el aeropuerto de Frankfurt observé por una hora mas o menos a una familia que podría ser la familia de él, pero sabía que no lo era. Nunca le vi la cara el hombre, solo un grueso mechón de cabello mediterráneo, su esposa, bajita, algo redonda en el centro, y sus dos bebés. Traté de verle la cara para asegurarme que no era él. No podía ser él. No tenía dos bebés. ¿Los tendría ahora?

Me encontraba en Alemania en mi última gira. No hay nada más triste que una bailarina que ya tuvo sus mejores momentos. Es más que triste. Un día cumples los treinta y seis. La suma de tu educación es un diploma de secundaria. No tienes otras destrezas excepto ser una bailarina flamenca coja, y tu polio súbitamente se empeora. No hay donde ir sino hacia abajo, como Bizet debió haberse sentido luego del debut de su opera y volvió a casa a morirse con el corazón roto.

Mi madre insistía que yo debía volver a trabajar de cajera en algún lugar como El Burrito Grande. El Burrito Grande había cerrado hacía varios años. En su lugar ahora hay un McDonald's. Si ella hubiera tenido que levantarse cada mañana a las cuatro y media a tomar el camión para su trabajo en la fábrica, dijo mi madre. Ella no entendía por qué yo pensaba que el trabajo diario no era para mí. Necesitábamos reparar el secador de ropa. Ella quería un coche. Si comprábamos el coche, ella decía que entonces tenía que aprender a guiar. Si yo puedo ganarme la vida como bailarina, ella podía hacerse conductora de camión, decía.

Yo pasé toda mi vida adulta viviendo para la noche. Yo no quería nada que ver con el día. Y como si este robo de no solo mi manera de ganarme la vida si no de mi propia razón de ser no fuera un crimen suficiente, me había quedado plantada como una novia virginal a los pies del altar. Abandonada de una manera cobarde, sin aviso. Abandonada un domingo sin misa. Mis pechos sin leche y mi amor que había ofrecido y entregado con tanta generosidad, abandonados como abono para la tierra.

7

Aun así, me desperté y me fui a la cama con Manolo en la mente, excepto que desde que me dejó, cada vez que pienso en él, su nuevo nombre es Mojón. Cuando me comía un tazón de cereal maldecía a Mojón. Lo maldecía en las tardes cuando bebía mi café expreso con coñac. Demasiados años de café fuerte y licor con Manolillo, Agustín, nuestros amigos, y la vida bohemia, como la llamaba mi madre, hacía muy difícil dejar ciertos hábitos. Uno de ellos era amar apasionadamente, y el otro ser amada como si fuera la mujer más bella del mundo.

Una amiga sugirió que viera a un médico, como si un médico pudiera darme una pierna nueva, otro espinazo, rejuvenecerme 15 años. El doctor me refirió a una terapeuta quien me recomendó que tomara un curso de cerámica en City College para canalizar el fuego creativo que me quemaba las entrañas. Seis meses más tarde me mudé al desierto con los ahorros que había juntado con mis propinas, los bailes —en clubes, centros cívicos, asilos de convalecientes o cualquier lugar donde nuestro grupo pudiera aterrizar por unos dólares, más de la mitad de mi vida— y viví completamente sola por dos largos años. Ensayé la cerámica y ponerme el velo. Así es como las artistas católicas hispanas que conocí en el desierto dicen cuando se retiran a hacer sus tareas. Hacen voto de soledad pero no de silencio y se hacen novicias. Hay mucho tiempo para reflexionar mientras barren el polvo y los amarantos del patio.

Cuando Manolillo se marchó y yo dejé de bailar quise regresar a la tierra, bañarme en ella, vivir dentro del planeta. Pero ¿qué sabía yo del desierto o de la arcilla? ¿Qué sabía yo de la música del silencio? Yo solo sabía bailar, solo reconocía mi taconeo sobre la plataforma de madera.

Después del segundo invierno de vientos ululantes y de dormir sola terminó, regresé a la ciudad que me vio nacer. Yo no estaba echa para vivir sola en el desierto y regresé a mi hábitat natural urbano. Tampoco era ceramista, solo una bailarina que ya no podía bailar.

. . .

Durante mi caminata de ejercicios descubrí una nueva cafetería. Ayer no estaba allí, ¿cierto? ¿Qué había allí antes? Ah sí, una ferretería True Value. Parece que el barrio de Amá se ha convertido en el sitio de moda para vivir. Ahora mis vecinos no tienen trabajos, tienen títulos. Hasta instalan cerquitos de maderas blancas o puertas de hierro forjado con candados e intercomunicadores. Pegan los dibujos de sus hijos de la menopausia en las ventanas del frente de la casa. Vivo en un libro de cuentos. Dick y Jane de nuevo. Mira la casa de Dick y Jane. Mira el costoso sistema de alarma de Dick y Jane. No pises la grama, Spot.

Y cuando pasas camino a tu casa, te miran por un largo rato hasta que estás casi encima de ellos y te reconocen la cara como una de las vecinas y te dicen, Hola. Porque eso es lo que hacen los vecinos en un buen vecindario.

No cabe la menor duda: esta cara mía puede estar relacionada con la cara de la mujer que ensambló estas blanca y brillantes zapatillas de correr en alguna parte del mundo, extranjera, oscuramente extranjera, como el alga y los champiñones negros en una sopa franco vietnamita, desesperadamente pobre y extranjera pero seguramente-muy-agradecida-de-que-las-fábricas-se-instalen-en-mi-patio-para-tener-trabajo.

Estoy a solo unas yardas de distancia de una de esas vecinas que dibuja con su hija los cuadros para jugar rayuela en el pavimento frente a su casa. En realidad me está observando, aunque lo disimula. Prolongo el suspenso y me detengo a atarme los cordones de mis zapatillas, lo cual no es fácil con el aparato ortopédico que me aprisiona la pierna. Finalmente, paso por su lado y me dice, Hola.

Nada se te escapa, me dice mi jefita a menudo. Mi madre lleva años diciéndome lo mismo porque le perturba mi optimismo cínico. Nada. Ella siempre me habla en español. Hace solo diez años que descubrí que mi madre sabe hablar inglés. Una amiga que venía de las urnas electorales me llamó con la noticia. A pesar de que mi madre es una Demócrata empedernida, ese día estaba empleada inscribiendo Republicanos. Necesito el dinero, dijo. La fábrica donde ella trabajaba había cerrado después de un despido masivo y finalmente fue traslada fuera del país. Mi amiga me dijo que mi madre no solo habló inglés, sino que lo hizo bastante bien y quería saber por que yo siempre insistía en que no lo hablaba. Yo le había dicho a mi amiga que si llamaba a casa preguntando por mí, mi madre no le entendería y que por favor, no dejara un mensaje.

Yo llame a Amá inmediatamente. ¿Por qué siempre me has hecho creer que no hablas inglés? Le pregunté en español. Le tengo que hablar en español porque de lo contrario no me entiende. Ay, no sé, me dijo algo evasiva y en español. Creo que pensé que mis hijos se burlarían de mí.

Dos: A veces cuando viajo en tren…

A veces cuando viajo en tren recuesto la cabeza contra la ventanilla, cierro los ojos y me entrego a recordar a Agustín, quien no era tan oscuro como Manolo, pero color crema, como la vainilla. Pero nada dulce —nunca. Cuando pienso en Agustín no me siento tan cansada. Me olvido del olor a manteca en mi pelo, o del estrépito ensordecedor del aeropuerto, los nombres que llaman los altoparlantes todo el día, el bla-bla de la gente hablando al mismo tiempo, caminando caminando, el bip-bip de los carritos con luces amarillas pestañeando que transportan a la gente que se marcha a algún lugar, profesionales con dietas para sus gastos y elegante equipaje y gente que tienen vacaciones y las toman, y mientras tanto yo metiendo pizzitas congeladas en un horno caliente desde las 2 de la tarde hasta las 9, ocho días a la semana como cantaban los Beatles y todavía dicen los mexicanos.

La mayor parte del tiempo pretendo que no hablo inglés para no tener que contestarle a los clientes.

En el tren camino a casa, a veces, no siempre, pienso en Agustín y en sus ojos grises, tristes como una nube de lluvia, y sus cejas rojizas y peludas, y me sonrío y tomo una pequeña siesta. Seis estaciones más para bajarme, con largos periodos de claqueti-claq entre ellas. Siempre me arden los pies por las siete horas diarias que me tienen que sostener; pies que acostumbraban a bailar en tacones, que me dolían de placer haciendo lo que sabían hacer tan bien, pies que, a pesar de que nunca me hicieron rica, al menos pagaban el alquiler. Pies que Agustín acarició.

Ahora son solo pies.

Me gustaban los pies de Agustín, aunque raramente se los veía. Una o dos veces me quedé hasta el amanecer y alcancé a echarles una mirada cuando él salía del baño. Normalmente cuando él se quitaba los zapatos era de noche y mi habitación o la suya estaban oscuras. Sus pies eran blancos como la cera, como esas figuras con ojos de vidrio que exhiben en los museos de cera, suave, suave, sin un defecto, sin una línea. Sin juanetes ni callos. ¿Como pueden ser tan perfectos los pies de un hombre? Los pies de cera de Agustín parecía que se podían derretir al sol. Pero me gustaban y también los pelitos rojizos que crecían silvestres entre sus dedos y en el empeine de cada pie. Solo unos pocos, según recuerdo. Pero fue solo un vistazo o dos que logré echar a esos pies. Él no supo que yo me di cuenta. La segunda vez que vi los pies de Agustín, dije ¡Mira tus pies! Porque esa vez quería tener la oportunidad de abrazarlos, como él abrazaba los míos luego de los ensayos frente a todo el mundo. Quería maravillarme ante la perfección de sus pies como el se maravillaba ante la imperfección de los míos.

¿Por qué quieres ver mis pies? Preguntó. ¿Qué tienen? Se los miró y no notando nada fuera de lo común continuó con su aseo. Son hermosos, dije. Él se rió. Se rió y se pasó la mano por su escaso pelo con cierta modestia. Los hombres no tienen pies hermosos, dijo. Ah, ¿qué dices? Insistí. Los hombres sí pueden tener pies hermosos. ¡Tú los tienes! Estás loca, dijo. Y eso fue todo lo que jamás dijo sobre pies.

Excepto cuando él les daba masajes a los míos, los sostenía sobre su regazo cuando habíamos terminado un show que había salido bien y la copa de las propinas estaba llena hasta el tope y teníamos suficiente coñac y admiradores y nuevos amigos y nos las arreglábamos para suscitar la envidia de los que deseaban tener nuestro momento de éxito pero estaban sentados en los laterales, en la oscuridad, emborrachándose y murmurando crueldades sobre Agustín y yo. Agustín decía que no les hiciera caso porque tenían celos y no sabían bailar tan bien como nosotros. Ni en sueños, decía. Aunque, de todos modos, lo que creemos que es la vida es solo un sueño, decía. Cuando Agustín sostenía mis pies en sus manos de maestro, manos no tan perfectas como sus pies pero mucho más hábiles, sentía que más que el dinero, más que todo el champán del mundo, todos los trajes de seda y pañuelos y chales de brocado y los brazaletes de oro, más que todas las cosas preciosas que yo raramente tenía la oportunidad de tocar, de poseer, de probar —sentir las diestras manos de Agustín, las mismas con que tocaba su guitarra de tal forma que no era tocar sino algo más allá que no puedo expresar con meras palabras, algo como el fuego y como una caída de agua al mismo tiempo, sí, eso era...Por supuesto, si voy a tratar de describirlo tiene que ser en términos de la naturaleza, que siempre es sabia, no como la magia de los brujos que puede salir el tiro por la culata. No es la destreza que cualquiera puede adquirir, sino fieras llamas anaranjadas y tormentas de truenos simultáneamente. Y me siento saturada de ambas. Tener esas mismas manos acariciando mis pies, alzando hasta sus labios uno y luego el otro, para besarlos suavemente, y colocando un pie contra su mejilla y después el otro, ah, me quedo dormida en el caluroso tren con el aire acondicionado roto, recordando que más que nada en el mundo, mis pies me dieron más felicidad que el resto de mi cuerpo.

Me comportaba como una tonta con Agustín. Tonta y juguetona y clemente. Con él yo era todo lo opuesto a como era con Manolo. A Manolo no lo perdono. Manolo casi nunca me veía sonreír y cuando me tenía a horcajadas sobre su regazo, con la falda y las enaguas alzadas y un seno en la boca, mi único deseo era morderle la lengua, los labios, la barbilla, la quijada, el lóbulo de las orejas. Una vez le mordí la oreja tan fuerte que dio un grito y al tratar de zafarse la silla se cayó hacia atrás conmigo montada sobre él. Me puse furiosa y él también.

Cuando el aire acondicionado del tren funciona me permito pensar en Manolo, porque no se puede pensar en el calor sofocante de la ciudad en verano. En invierno, pienso en él constantemente. Y a veces pienso en Manolo y en Agustín, Agustín y Manolo. Agustín el gachupín, Manolo el Negro, mi Manolillo, mi moro negro.

Desearía ser más inteligente. Quisiera saber más cosas. Quisiera poder descifrar mapas y saber más del mundo y saber dónde fueron Manolo y Agustín. Si fuera navegante del alma, quizás lograría encontrarlos. Pero no puedo. No sé nada, mi madre me dice. Y posiblemente tenga razón. Así es que ahora meto pizzas al horno en el aeropuerto por salario mínimo.

Y cuando siento que mi cuerpo es un bloque de cemento enorme y que no tengo fuerza para alzar la pierna y dar un paso al frente, cierro los ojos y trato de recordar la tierra de la cual tanto hablaban, la aldea y la ciudad, el azul azul de su mar, la manera en que las mujeres preparan los mariscos según me dicen y como allá los hombres aman a los hombres de una manera en que no se aman aquí.

Tres: ¿Quién es Manolo?

¿Quién es Manolo? Manolo fue alimento para el alma por un año.

Y para mí, Carmen la Coja, reina del baile en una sola pierna quien nunca había ido a España ni había visto los grandes bailaores de los tablaos, ni los oyó cantar ni tocar el cajón ni las castañuelas, Manolo era sencillamente el mejor bailarín flamenco del mundo.

Él llegó no como un sueño, sino cuando todos los sueños se habían evaporado. Manolo vestía de negro aunque su color era el rojo, rojo salado como las macarelas, corazón de salmón sangrante, rojo marino intenso, aunque nunca se piensa en el rojo cuando se piensa en el mar. El año que conocí a Manolo era una estrella marina, un erizo de mar, un marinero bailarín, un Gene Kelly golpeando sus talones en el aire cada vez que me veía, pero con un lado espinoso que te hacía sangrar carmesí de un lugar tan adentro que la sangre parecía no manar de ti sino de otra persona. Pero era tu sangre.

Un día mandé a Manolo para su casa sin camisa. Era de madrugada pero en mi barrio la gente que anda por la calle a esas horas es porque casi es seguro que han perdido algo durante la noche.

La camisa olía a Manolo, a sudor de bailarín, al dulzor de su colonia barata, la colonia que yo le regalé en Navidad. Nunca le había hecho un regalo a un hombre. Mi amiga Chichi me dijo que la colonia era un buen regalo porque doma la bestia dentro del hombre. Eso lo dijo ella, no yo. Me puse la camisa sobre mi piel tostada aún en invierno y él me dijo, El rojo es tu color. ¿Me puedo quedar con ella? Dije. Y añadí, Te la devolveré pronto. La lavaré si quieres. Tampoco nunca he guardado nada que pertenezca a un hombre. ¡No, no! Dijo él. Déjatela, quiero recordarte reclinada allí dentro de mi camisa. Quiero que duermas en ella y pienses en mi y la uses cuando hagas el café en las mañanas y me recuerdes en algún lugar, y se rió un poquito, pensando en sí mismo en algún lugar. Manolo se reía mucho pero su risa era hueca como una campana que da campanazos fuertes porque han tirado de la cuerda, no porque repica por sí misma. Manolo se rió y yo le pasé mis dedos naturalmente bronceados por sus cabellos y le pregunté de nuevo, Entonces, ¿me quedo con ella? Y hundió su cara entre mi cuello y la camisa y dijo, Todo lo que tengo es tuyo. ¿Quieres mis pantalones también? Y se rió de nuevo.

Cuatro: Uso un untador de mantequilla...

Uso un untador de mantequilla para limpiar los entresijos de la estufa de Amá. Ella piensa que yo no sé limpiar bien. Eso es lo que mi madre dice pero yo sí sé limpiar. En nuestra casa no hay hombres. Allí vivimos mi madre y yo y sus cuatro televisores, uno en cada habitación excepto en el baño y en mi dormitorio. Mientras limpio con el sonido cuadrafónico de los televisores de Amá de trasfondo, me vienen los recuerdos. Yo lo recuerdo todo.

Cuando tenía seis años me dio poliomelitis. Amá no llamó al médico ni me llevó al hospital inmediatamente porque según ella no tenía dinero. Joseph, mi hermano mayor, con quien a veces me llevo bien, pero mayormente no me llevo, me dijo años después que ellos pensaron que yo iba a morir.

La curandera del barrio dijo que mi vida estaba fuera de sus manos y que si no me llevaban a un hospital inmediatamente también estaría fuera de la de los médicos. Así que Amá me llevó en autobús al hospital regional donde los servicios eran gratuitos.

Cuando me recuperé quedé bien excepto por mi pierna izquierda, que dejó de funcionar. Tenía que usar un aparato ortopédico y muletas y me enviaron a una escuela especial para inválidos. Así es que nos llamaban en aquel entonces. Éramos cojos, retardados, sordomudos. Yo era la presidenta de la clase de graduandos. Ese fue el año en que decidí ser bailarina.

Mi pie izquierdo era y todavía es calvo y desplumado, como una garza muerta caída de su nido. ¿Nacen las garzas en árboles? No lo sé, solo sé que mi pie pájaro muerto no tiene remedio. Mi pierna izquierda es aún más patética, es una extremidad muerta, flaca, retorcida.

Mi pierna derecha es ideal, una pantorrilla fabulosa que claro trabaja doble, un muslo esbelto.

Durante mucho tiempo todo lo que venía en pares me fascinaba. Dos cosas idénticas e iguales eran la esencia de la simetría y lo sublime. Balanceaban el universo y eran el om absoluto. Dos ojos videntes, dos oídos que oían, un par de brazos o piernas que funcionaban y obedecían. Un cerebro completo que lo mantenía todo bajo control. Pasé largo tiempo con niños que no podían caminar en línea recta.

Podías decirle a uno de ellos que la siguieran pero no la podían ver.

A otro se le podía decir pero siendo sordo de un oído no tenía balance.

A veces un niño no sabía lo que querías decir con Camina por esa línea recta, y se te quedaba mirando.

Yo lo entendía. Yo lo entendía todo. Pero no podía hacerlo. Mi cuerpo iba de este lado cuando yo quería ir del otro. Cuando quería que hiciera algo no lo hacía. A los doce años tomaba muchas pastillas para el dolor. *They shoot horses, don't they?* Pensaba mucho en esa película y en mí misma.

Pero en el octavo grado llegó una nueva maestra a la escuela. Dijo, Niños, ustedes pueden hacer todo lo que deseen. No dejen que nadie les diga lo contrario. ¿Carmen? ¿Quién es Carmen? Carmen era yo. Carmen Santos. Mi educación la subsidiaba el gobierno. Si hubiera sido por mi madre, que no podía pagar una escuela especial para mí, me hubiera quedado en casa. Una enfermera del hospital regional le habló a mi madre de la escuela. Mrs. Santos, Carmen es una chica muy inteligente. No debe tenerla en casa. ¿Cómo se va a mantener cuando sea adulta? Tal vez ni se case. La escuela puede proveerle una beca si el problema es una cuestión de dinero.

Carmen, ven al frente de la clase, por favor. Está bien, cariño. Toma tu tiempo, no sientas vergüenza. Estábamos en la clase de terapia de danza. En aquel entonces se llamaba Clase de Rehabilitación Física. Era baile de mentiritas pero tenía el propósito de darle vida a nuestros cuerpos traicioneros.

Ella se llamaba Miss Dorotea. Miss Dorotea, yo no puedo caminar sin las muletas. ¿Tonterías, tonterías! dijo. Las colocó cuidadosamente a un lado, lejos de mi alcance. Puso un disco de Carlos Montoya, un famoso guitarrista flamenco. Lo supimos inmediatamente porque ella dijo, Esta es la música de Carlos Montoya, un famoso guitarrista flamenco. Nunca había escuchado esa música antes. Comenzaron a cosquillearme los tobillos. El vivo y el muerto.

17

Carmen, ¿sabes que hay una ópera famosa que lleva tu nombre?

Miss Dorotea me alzó los brazos. Mis brazos eran fuertes. Mira, Carmen, linda gitanilla, junta tus manos así. Los estudiantes soltaron unas risitas, pero en esa clase casi nunca nadie se reía de los demás porque sabíamos que más tarde o más temprano a cada uno nos llegaría el turno.

Miss Dorotea nos enseñó a dar palmas, que eran aplausos rítmicos y el chas-chas de los pitos. Su largo cuello tenía la pose de un flamingo. Tenía la piel preciosa. A mí me empezaban a salir barritos. No tenía nada que me salvara, estaba segura. En la calle yo era un verdadero espectáculo. Usaba una pañoleta floreada en la cabeza como la mujer de un granjero polaco y el abrigo que fue de mi madre con un collar de piel de conejo despeluzada y unas muletas de segunda mano.

Mi cabello siempre lucía aceitoso y mi madre insistía en que no lo tenía que lavar todos los días. Necesitaba ayuda para lavármelo inclinada sobre el fregadero de la cocina. No teníamos lavamanos, ni ducha en la bañera de patas de león. Me desprendía de mi cuerpo de niña y quería que mi madre compartiera secretos de mujeres conmigo, los tesoros misteriosos en el baño que yo sabía que eran suyos nada más, la afeitadora y la bolsa para las duchas vaginales y los Kotex; cosas que yo quería que me explicara y me dejara utilizar. No recibí instrucciones sobre la menstruación, ni siquiera una toalla sanitaria. Usa papel sanitario, me dijo el primer día como si fuera desperdicio que una niña de trece años usara servilletas sanitarias. Con tanta sangre el segundo día, conseguí que la enfermera en la escuela me diera unas cuantas.

Ahora esta mujer de hermosa piel opalina quería que yo siguiera sus movimientos, los movimientos de una persona sana. ¿Es que se quería burlar de nosotros, hacernos lucir absurdos unos a los otros? ¿No era suficiente que nos sintiéramos absurdos cada día cuando salíamos de la seguridad de nuestros hogares y de la gente acostumbrada a vernos?

¡Carmen... Carmen! Haz lo que te digo. Trata, aunque sea una vez, ¿puedes?

La música me lamía los tobillos, el vivo y el muerto. Miré a mi amigo Alberto, el único otro estudiante que también sabía español en la clase. Alberto era puertorriqueño. Se estaba comiendo los uñas. Él pensaba que yo era la más valiente de los dos. Si yo no lo hacía, él no se atrevería jamás.

Alberto no sabía hablar. Los maestros pensaban que era sordomudo. Lo decían delante de él, Alberto es sordomudo. En realidad, no hablaba ni entendía inglés.

Alcé mis manos igual que Miss Dorotea. Me concentré en la música de guitarra que salía del tocadiscos. Yo no sabía nada de esa música o de lo que ella pretendía enseñarnos. Traté de imitar lo que ella hacía para que me dejara tranquila y escogiera a la próxima víctima. En ese momento me esforcé más que nunca me he esforzado en hacer nada en mi vida. No podía caminar bien y me estaban pidiendo que bailara. Pues bailaría. Bailaría por Alberto, el mudito de Puerto Rico (que no era mudo ni sordo en absoluto). Carmen la Coja podía bailar. ¿Por qué no? ¿Por qué no?

No mires a los demás, Carmen, concéntrate, ¿okay, cariño? Haz lo que yo haga. Miss Dorotea dio un repentino paso al frente, y una larga y grácil pierna cruzó en arco sobre la otra.

Me paré sobre mi pierna buena y me erguí derecha y alta como Miss Dorotea. Desearía tener un vestido largo como el que ella llevaba ese día para que nadie pudiera ver lo que iba a poner frente a mí, no una extremidad hermosa y ágil como la de ella, pero una extremidad diseca enclaustrada en metal. Miss Dorotea le había ordenado a su pierna izquierda que pasara al frente de la derecha. Al principio, mi pierna izquierda no se movió a pesar de las tantas señales mentales que le envié. Comencé mis acostumbradas negociaciones con el cielo y recé un Ave María. Prometí ir a la Misa de las 7 de la mañana el domingo. Y finalmente, tal vez por la promesa de la misa temprana o tal vez como recompensa a mi obstinación, finalmente la pierna mala se movió unas pulgadas. Exasperada, la agarré con las manos y la empuje al frente. Vaya. Lo hice. Había dado el paso de baile que Miss Dorotea me pidió. Lo había dado estilo niña coja. ¿Qué más podría esperar ella? Mire a Miss Dorotea, esperando que me mandara a sentar en el banco del fondo y que escogiera a uno de los otros que seguramente no lo haría mucho mejor. Pero en lugar de eso, me miró la pierna por largo rato. Después miró al resto de la clase como si no pudiera entender la razón de nuestra falta de entusiasmo. Nadie dijo ni una palabra. Nadie se movió. Casi todos los ojos estaban clavados en el piso. Nadie quería ser llamado. Y volviéndose hacia mí, me sonrió y sus grandes aretes tintinearon. Dando un suspiro y poniéndose las manos en las caderas y preparándose para bailar de nuevo dijo, ¡fue maravilloso! Ahora, Carmen, ¿lista para el próximo paso?

Trabajé con Miss Dorotea durante cinco años. Gracias a mi práctica intensiva logré deshacerme de las muletas. En la Escuela de Inválidos, así era el nombre exactamente, su objetivo como especialista de rehabilitación física era hacernos mover las extremidades un poquito y darnos confianza de movernos en un ambiente hostil a nuestras necesidades. Pero yo tomé sus clases de baile en serio. Mi madre decía que era una pérdida de tiempo, una chica coja queriendo ser bailarina. Pero no veía nada malo en ello. La mantiene alejada de problemas, le decía a los parientes. Así es, asentían mis tías, una adolescente es un problema con P mayúscula, dijo una. Ya no quieren aprender a cocinar, a tejer, nada de lo que nosotras aprendimos cuando éramos señoritas, ofreció la otra tía, la de la hija que se escapó de su casa tantas veces que el gobierno la puso en una casa de crianza. Y esta pobre criatura, decía, apuntando con la cabeza hacia mí como si yo no adivinara que hablaban de mí, pero la vi con el rabillo del ojo: ¡Pobrecita! ¡Se escapará con el primer tipo que le preste la menor atención!

Para mi familia, las clases con Miss Dorotea después de la escuela era una manera de evitar que andara por las calles, que me volviera una vaga, una adolescente perdida, o quizás la jefa de una pandilla juvenil, pero jamás se le ocurrió a ninguno de ellos que yo realmente quería ser una bailarina. A pesar de la falta de fe que todos tenían en mi sincera ambición, Miss Dorotea y yo trabajamos fuerte. El paso más sencillo, las sevillanas, el que según ella todo el mundo sabía dar en España, hasta por las calles y en las discotecas, era un desafío agotador para mí. Yo sabía que era muy frustrante para mi maestra encontrar la mejor manera de enseñarme el más simple de los pasos. ¡Pisa así, Carmen! ¡PAS-PAS! Hacían sus dos pies. PAS-nada hacían los míos. ¡No, así no, otra vez, Carmen! ¡PAS-PAS! Y yo levantaba mi falda lo suficientemente alta para que ella viera el panorama. PAS-nada.

Finalmente Miss Dorotea se sentaba con la barbilla apoyada en el puño. Okay, por fin decía. Vamos a probar de otra manera, ¡PAS-pas! ¿Puedes hacerlo? ¿Al menos pisar suavemente? No te lastimes la pierna, pero al menos ¿puedes *actuar* como si dieras el paso?

La actuación es natural para mí. Sales al mundo y actúas como todos los demás. Actúas al descansar, dormir, sentarte, moverte, subir escaleras, bajar escaleras, perder el camión, pasarte de tu parada. No acertar con muchas cosas en esa ocasión fue una casualidad, cuando todo el mundo te está mirando. Pero en realidad pasa todos los días, siempre. Yeah, dije. Puedo *actuar* como si mi lado izquierdo puede hacer lo mismo que el derecho. PAS-umf, PAS-umf, PAS-umf. Eso es fácil, me quejé. Me dolía el lado izquierdo al principio, solo de pretender. ¿Qué le pareció? Pregunté. A Miss Dorotea los ojos se le fueron al tope de la cabeza. Necesitamos trabajar, dijo.

Y trabajamos, durante años. A Miss Dorotea le encantaba que yo estuviera realmente interesada en el baile flamenco, la pasión de su vida, así es que accedió a darme clases privadas después de la escuela. Eso significaba que perdía el autobús escolar gratis y tenía que tomar transporte público, pero valía la pena. Aun en el invierno no me importaba esperar en el frío cuando ya era de noche después de haber practicado los bailes con Miss Dorotea. Pero no creo que a ella se le ocurrió que yo saldría de la escuela creyendo que iba a ser una bailarina profesional.

Pero así fue, y no tuvo más remedio que pasarme al próximo nivel. Además, ella se marchaba del país, así que no tenía nada de que preocuparse. Cuando me gradué a los 18 años Miss Dorotea recibió su gran oportunidad. Fue invitada a bailar con una compañía que iba de gira con Carlos Montoya, cuya música para ese entonces, claro, yo conocía muy bien. Antes de marcharse me llevó a un estudio a conocer a unos amigos flamencos. De verdad yo quería ser bailarina.

Allí fue que conocí a Agustín. Tal vez yo le parecí tan joven como él me pareció viejo cuando nos conocimos por primera vez, pero lo que notó enseguida fue mi desmañada pierna enjaulada. ¿Es cantaora? ¡Qué bueno! Siempre necesitamos una buena cantante en este pueblo infidel, dijo. Agustín no era español pero vivió en España mucho tiempo y había adquirido los mismos gustos y prejuicios de los andaluces. Más tarde supe que para Agustín la palabra infidel no tenía el mismo sentido fundamentalista de acusar a los pecadores. Era un término, me explico más tarde, que se remontaba 500 años atrás a los tiempos de la Reconquista de España. Agustín pensaba como un español hasta la médula aunque no lo era. Para un gitano, me enteré un tiempo después, su patria adoptiva vale tanto como cualquier otra.

No, no. Ella no quiere cantar, Miss Dorotea susurró en un tono que me pareció medio avergonzoso. Ah, qué bien, pensé. Durante años todo lo que escuchaba de Miss Dorotea y de los otros maestros en la Escuela de Inválidos era que yo tenía el mismo derecho y potencial de hacer lo mismo que un niño *normal,* pero al instante en que uno de ellos salía con nosotros, eran los primeros en ponerlo en duda. ¡No, no quiero cantar! Le dije al hombre de las cejas rojizas y peludas qué quizás era más joven que mi padre pero me intimidaba mucho más. Después que atraje su atención se volteó hacia mí. Sus fríos ojos grises me helaron. Yo llevaba una falda larga porque me consideraba una bailarina flamenca y porque además, claro, cubría mi pierna mala. Aun cuando trabajaba de cajera en El Burrito Grande, mi primer trabajo de tiempo completo desde que recibí el diploma de secundaria, me decía a mi misma que yo era realmente una bailarina, esperando que llegara mi oportunidad igual que Miss Dorotea. No era una pobre coja como murmuraban los clientes del restaurante cuando notaban mi pierna y por lástima echaban una moneda en la jarra de propinas. Era coja, claro. Mi pierna mala era un impedimento desafortunado la mayor parte del tiempo, sí, pero no me impedía hacer lo que más amaba hacer y lo que estaba segura que hacía muy bien, bailar.

Como dicen: el truco está en las muñecas.

Entonces, ¿tocas la guitarra? Preguntó Agustín, avanzando hacia mí.

Negué con la cabeza. No sé tocar la guitarra, dije. No me salía acné a los 18 y ahora usaba el pelo recogido hacia atrás igual que Miss Dorotea. Agustín me estudió, como un torero evaluando el primer toro del día. Se acercó más y siguió mirándome de arriba abajo, incrédulo de que no salí corriendo. Caminó a mi alrededor y me preguntó. Bueno, ¿y para qué diablos estás aquí? ¿Qué quieres aprender?

Quiero bailar con su compañía. Dije. Con el rabo del ojo vi a Miss Dorotea cambiar la vista.

Agustín la miró por un segundo pero al ver que ella no iba a decir nada, me miró de nuevo con una expresión que me instaba a explicar. Lucía genuinamente confundido así que no lo resentí. Pero luego de un minuto dolorosamente largo, rompí el silencio. ¿Por qué me mira así? Dije finalmente. ¿Le parezco tan fea?

No eres fea en absoluto, me dijo con una sonrisa. Se volteó hacia Miss Dorotea, que estaba mirando para otro lado. No, guapa, si eres muy bonita. Me haló la nariz, por lo que lo odié instantáneamente. Y ¿quién soy yo para criticar lo que Dios en Su Gloria ha creado? dijo con una carcajada contoneándose hacia Miss Dorotea. ¿Esta es la estudiante de la escuela de retardados de quien tanto me hablas?

No es retardada, susurró Miss Dorotea.

¡Ya lo veo! Dijo Agustín en español en alta voz. Y no es fea tampoco. ¡En eso tienes razón! Es oro puro. ¡Me gusta mucho!

No he conocido a una mujer que no te guste, musitó Miss Dorotea. Le hablaba a Agustín en inglés. Yo sabía que ella hablaba el español pero no comprendía por qué no lo hacía en aquel momento, como si yo no fuera a entender lo que estaba pasando si ella hablaba en español. Se comportaba muy extrañamente. Nunca la había visto comportarse así. Si Agustín le caía mal, ¿por qué me llevó allí? Sentí mucha frustración, pero no me dí por vencida. De lo contrario él se daría cuenta que yo no era como las otras bailarinas. Yo no me mecía como una palmera en el viento. Cuando tenía prisa, con o sin muletas, las cuales no llevé ese día, parecía más bien una palma azotada por un huracán. De haberlo presenciado, Agustín seguramente nos hubiera sacado del estudio a las dos a risotada limpia.

¡Tienes razón! Respondió Agustín a Miss Dorotea. ¡Pero esta si que me gusta! ¡Se puede quedar! Me hizo una señal. Ven acá, guapa, me dijo. ¡Por favor, Agustín! Dijo Miss Dorotea. Se moría de la vergüenza. ¿Pero cuál de los dos la avergonzaba? ¿Y por qué? Me pregunté. Miss Dorotea había sido mi maestra por cinco años. Me regaló mi sueño mayor, lograr lo que todas las probabilidades indicaban que no podía hacer. Hasta esa tarde, la quería de veras. Sentí las mejillas arder. Me volví hacia Miss Dorotea con una expresión de ruego, por favor sácame de aquí inmediatamente. Pero tenía la vista clavada en el piso.

Bien, pensé. Así es la cosa. ¡Oye tú! Le grité al tipo que estaba afinando la guitarra. Me miró y todos los demás en la habitación también me miraron. ¿Puedes tocar algo para mi? Le pregunté. El guitarrista se señaló a sí mismo ¿yo? Asentí y le sonreí. La mujer que estaba a su lado también sonrió. El asintió y comenzó a tocar una bulería de Cádiz, cuna del flamenco, y ella comenzó a cantar en español: "Por no darte explicaciones / que yo me pongo con mis pesares / y hablo solita por los rincones."

Junté las manos para las palmas. Miss Dorotea, con una expresión de sorpresa en el rostro, se unió a nosotros, quizás para seguir lo que él pensaba era una broma que le gastábamos; él hacía pitos, chasqueando los dedos al compás del ritmo.

¿Camino hacia él? ¡No, señorito! Levemente levanté el borde del vestido. Levemente pero con pasos seguros me dirigí hacia él siguiendo las bulerías que exigen pasos fuertes, pisando, pisando. Pero yo pisaba suave, suavemente, con las manos en alto y girando las muñecas con agilidad, volteándome lenta, muy lentamente, me acerqué a Agustín. Me tomó una eternidad, pero llegué. Cuando llegué era él quien estaba sonrosado. Solté una carcajada que no sabía que llevaba dentro. No era una risita nerviosa de chica coqueta. Fue una risa de mujer. Cuando me extendió la mano la ignoré y di una vuelta al ritmo de la guitarra para el gran final. El cantaor cambió las bulerías: "Te di un pañuelo y te vestiste de terciopelo." Y solté de nuevo aquella risa de mujer que salía de lo profundo de mi vientre, de mis entrañas, de mis ovarios, del fondo de cada muslo y surgía hacia arriba hacia arriba, yo reía y al finalizar la audición improvisada, los músicos reían conmigo. Agustín no se rió. Trató de sonreír mientras tragaba en seco. Se volvió hacia Miss Dorotea cuando no le di la mano. Baila muy bien, le dijo. Ten cuidado, Dori, dijo riendo. Puede ser tan buena como tú… ¡con mi ayuda, claro!

Sin mirarlo, le dijo, bien, ahí la tienes. Espero que todo vaya bien. Besó el aire alrededor de las mejillas de Agustín, me dijo adiós y se marchó. Nunca volví a ver a Miss Dorotea, y con la excepción de una tarjeta postal que me envió de Sevilla ese verano, tampoco volví a saber de ella.

Agustín, por otro lado, desde esa tarde de sábado y por los próximos 17 años, se convirtió en parte esencial de mi vida, como el sol que sale cada mañana para decirnos que no hemos muerto la noche anterior, que solo dormimos para poder soñar.

Capítulo 2

Uno: Lo menos que quiero hacer en mi día libre...

Lo menos que quiero hacer en mi día libre es llevar a mi madre al doctor. Pensamos que está al borde de un infarto cardíaco. Quizás no sea hoy, ni mañana, pero pasará uno de estos días. No me mal interpreten. No es que no la quiera llevar. Es que ella lleva 20 años quejándose de dolor en el pecho. Por supuesto, eso no quiere decir que la jefita dé falsas alarmas para atraer la atención de mi padre como yo sospechaba, o que en verdad no tiene dolor en el pecho ahora que ya casi llega a los 70 y mi padre ya no está con nosotros.

Él no se murió. Ella lo echó de la casa.

Hace seis años Apá agarró sus dos maletas, empacadas por mi madre, las mismas maletas con las que mis padres viajaron en camión desde El Paso cuando mis dos hermanos mayores eran chicos, y se mudó al sótano. Mi hermano Abel, que tiene 45 años, vive con él. Negrito, mi hermano menor, también vivió allí por temporadas, cuando no estaba en la cárcel o internado en algún programa de rehabilitación. Pero Abel ahora se niega. Negrito trae a demasiada gente detestable; es mejor que no vaya por allí. Quién sabe donde viva mi hermano menor. En cuanto a José, el mayor de todos… olvídate. Ese es el niño de los ojos de Amá pero también su vía crucis porque además de que le va mejor que a todos, se da aires de superioridad. Su engreída esposa rubia no le permite visitarnos a menudo. Ella no es blanca, pero quisiera serlo. Amá dice qué eso no importa, de qué le sirve si no puede tener hijos. Y de qué te sirven tus hijos, me gustaría preguntarle a mi madre, pero por supuesto no lo hago. Amá puede criticar todo lo que le dé la gana, pero tú, Carmen, me dice, no puedes decir nada de nadie.

Mi padre me llamó desde su trabajo a la hora de almuerzo. Bien pudiera subir y decírmelo al llegar del trabajo pero él y Amá pretenden que él no vive en el piso de abajo. Hice una cita para el jueves con el cardiólogo de tu amá. ¿Puedes llevarla?

Él sabe que el jueves es mi día libre.

Prefiero no hacer nada en mi día libre. Me quedo en cama y leo los periódicos de la semana anterior, incluso la gruesa edición del domingo, porque trabajo ese día. Me quedo todo el día en mi bata de dormir de franela, y por la noche, antes de irme a dormir, me doy un largo baño caliente en la tina. De vez en cuando si mi amiga Vicky, ex compañera de la Escuela para Inválidos, no está fuera de la ciudad en algún viaje de negocios, me invita a cenar. Vicky es ahora una mujer de negocios. Tiene un coche muy lindo con interiores de cuero, un maletín con sus iniciales, un teléfono celular que chilla dondequiera, pantalones hechos a la medida. Ella tiene ese estilo "mocasín suave". Nunca ha usado un aparato ortopédico desde que la conocí cuando ambas teníamos 10 años. No sé, siempre le contesté hasta que finalmente dejó de invitarme.

Sí, le dije a Apá.

Tiene dolor en el pecho de nuevo. Se lo dijo a tu hermano José, mi jefe añade.

Mi padre trabaja todos los días, llueve, truene o relampaguee. Rehúsa jubilarse de su empleo de maquinista en una fábrica de piezas de automóvil, una de las pocas fábricas que quedan en Chicago ahora que la mano de obra mexicana es aun más barata si la compañía se muda a México. Es difícil para Apá quedarse en un trabajo donde a través de los años casi pierde un ojo y siempre tiene los dedos llenos de astillas de acero y donde cada día es más difícil mantenerse a la par con las cuotas que los trabajadores más jóvenes llenan con facilidad. Apá tiene 64 años y en espera de la jubilación, de otro modo de que serviría todo, dice.

De todos modos, mi madre ya no quiere que mi padre la lleve al médico en el coche. Antes lo hacía para que Apá le prestara atención. Botarlo de la casa fue la mejor manera. Tomaré el camión, dice desde la otra habitación al escuchar mi conversación con el jefito. No hay problema. Tengo mi pase de senior citizen. Solo me cuesta veinticinco centavos.

Mi jefito la oye. Yo sé que tu amá no resiste las rebajas pero no quiero que tomen el camión. Le puede pasar cualquier cosa.

Miro a mi madre. Está mirando su programa de discusión favorito que llega vía satélite desde Ciudad México. La cura para la nostalgia se encierra en el dispositivo de control remoto. Amá no es de

Ciudad México. Ni siquiera ha estado allí. Pero le parece que está más cerca de su terruño que Chicago, aunque ha vivido aquí durante más de cuatro décadas.

Están a punto de dar las recetas que han enviado los televidentes. Amá tiene su libreta a la mano. Luego me dará la lista de las cosas que necesita para prepararlas, vino seco y otros ingredientes carísimos para salsas cremosas, cosas desconocidas en su fritanga diaria que usualmente contiene manteca y maíz y por supuesto frijoles. Yo no diré nada, pero los ingredientes aparecerán en su lista la próxima vez que tenga que ir a hacerle sus compras. Nunca llegará a preparar la receta. No sé, responderá con timidez cuando le pregunte por el platillo que no cocinó. Hemos comido tortilla y chiles y frijoles toda la semana y el viernes arroz color naranja con pollo. No es que me queje. Nunca me ha interesado mucho la comida, especialmente ahora que me paso el día oliendo pizza rancia. Mi madre menea la cabeza. Se veía tan sabrosa cuando la cocinaron en la tele, dirá. Pero me canso solo de pensar en todo lo que hay que hacer.

Ella no está cansada. Está saturada de medicamentos. Toma píldoras diuréticas, pastillas para la hipertensión, cápsulas para la diabetes y para el corazón. Ahora de veras tiene un problema en el corazón.

Ella le cuenta todo a José y cree en su hijo primerizo como en Jesucristo pero no espera que él venga la ciudad para hacerle algún favor, como llevarla al médico.

Sí, yo la llevo, repito, pero está claro que no lo digo de corazón. Seis días a la semana vivo rodeada de por lo menos un millón de personas que pasan por el aeropuerto O'Hare, en mi día libre no quiero ver a nadie, ni siquiera a mi madre a pesar de que vivimos juntas. Quizás sea porque vivamos juntas. Me paso casi todo el día y la tarde en mi habitación.

Amá me comprende. Si eres una persona íntegra y trabajadora te ganas ese respeto, como la honra que mi empleo en la pizzería me ha conferido últimamente, lo que cerca de 20 años de bailar profesionalmente y ganarme la vida bailando con una pierna mala nunca me confirió. Pero si tienes un trabajo de verdad, un trabajo honesto, entonces puedes hacer lo que quieras en tu día libre.

Mi hermano Abel —el de la planta baja— también es trabajador y estable. Él trabaja por su cuenta. Durante la semana cuando hay buen tiempo empuja un carrito y vende elotes estilo mexicano y los sábados atiende un estanquillo de periódicos. En sus días libres se emborracha. Compra muchas cervezas, mira en la tele algún encuentro deportivo al cual le ha apostado, y se queda dormido en su sillón. Mi madre dice que eso está bien porque él se merece el descanso. Pero igual que hizo con mi padre, un día lo hizo marchar de la casa también, no echándolo, pero espantándolo con sus puyas. Para Amá la ocupación de elotero no estaba a la altura de alguien que habla inglés. Abel dice que los carritos de elotes son la onda del futuro para individuos emprendedores como él. Yo esperaba algo mejor de ese hijo, decía mi madre. Ay, deja a ese muchacho tranquilo, decía mi padre. Pero ella no lo dejó en paz y mi hermano se mudó a la planta baja.

¿A qué hora es la cita? Le pregunté a Apá. Esta es mi segunda oportunidad para llegar a ser una buena hija, así es que me esfuerzo bastante.

Espero lograrlo antes de morir. O antes que ella se muera.

Nadie dice que tengo que disfrutar esa obligación.

A las nueve de la mañana. Puedes usar el coche.

Que bueno, pienso, ya que él sabe muy bien que Amá y yo no tenemos coche.

Ya dije que puedo ir sola, grita Amá. ¡Iré en camión!

Está bien, Amá, digo. Si no insisto mi padre se enojará conmigo. No dirá nada pero yo sé cuando está enojado, una helada desciende sobre todas las cosas por largos periodos. Solo de pensar en su furia indiferente me da escalofríos. Muchos piensan que el silencio es pasivo, pero al igual que los buenos guerreros, los gobiernos de mano dura y los mediadores de alto riesgo saben, el silencio es un método de negociación especial.

A pesar de que me padre está preocupado, no se puede dar el lujo de faltar al trabajo. A mi modo de ver, los mexicanos pobres en Estados Unidos, incluso los que han nacido aquí, siempre han tenido un objetivo: trabajar como unos pinches burros hasta que se mueran. El trabajo en sí no importa. El salario no es lo primordial. El trabajo es el trabajo. Nunca debemos avergonzarnos del trabajo.

Cuando mis jefitos recién llegaron de Texas mi apá fue inmediatamente a buscar trabajo. Llegó tarde a casa esa noche y dijo que había conseguido trabajo en un lugar de construcción recogiendo y amontonando ladrillos viejos. Eso es lo que había hecho todo el día. ¿Y te pagan por eso? Preguntó Amá con incredulidad. Entonces era cierto lo que decían del Norte. ¡De veras había trabajo para quien lo quisiera! ¡Órale! Dijo mi padre, pasándose la sucia manga del abrigo por la cara ennegrecida. Metió la mano en el bolsillo y tiró quince dólares sobre la mesa de la cocina. ¿Ves?

Mi madre no podía creer la buena suerte que les había tocado. Poco tiempo después mis jefitos decidieron quedarse en Chicago.

. . .

Yo no quería buscar empleo hasta que no gastara el último centavo de mis ahorros. No quería un trabajo regular. Ganaba dinero con el baile pero eso no era trabajo, a pesar de que Agustín me llevaba al paso despiadadamente durante los ensayos. Trabajar por cuenta propia es la mejor manera de ganarse la vida, decía Agustín, solo los gachós trabajan para otros.

Gachó. Él preferiría que yo no les explicara su significado, pero posiblemente tú eres uno de ellos.

Excepto si eres mujer, entonces serías una gachí.

Allá vamos de nuevo, el idioma complicándome la vida, como pasó desde el primer día de escuela. Yo nací en Chicago pero mi primer idioma no fue el inglés. Mi primera lengua fue el español a pesar de no ser una verdadera mexicana. Creo que soy Chicago-mexicana. Pero cuando Agustín se convirtió en parte de mi vida trajo consigo su lengua, una lengua antigua que se deriva del sánscrito, y esa lengua me llevó a un mundo que nadie pero nadie de afuera conoce.

La lengua de ladrones, dice mi padre cada vez que uso alguna de las palabras de Agustín. Es Romaní, dijo mi madre una vez para mi sorpresa. Ella asegura que recuerda haberla oído en una vieja película de Rita Hayworth, donde la Hayworth, que es Hollywood-mexicana, hacía el papel de bailarina gitana.

Amá, yo no soy bailarina gitana, le decía. Yo bailo flamenco.

¿Y entonces qué haces con ese gitano?

No es un gitano.

¿Qué es entonces?

Es un… es un…

¿Es un americano? No me caen bien los americanos.

Tú crees que tienes problemas, me decía Agustín hablando de mi conflicto de identidad. Por lo menos a ti te cuentan en el censo. Por lo menos los mexicanos tienen tarjetas de residencia. ¿Has visto alguna vez a un gitano con tarjeta de residencia?

Él se llama a sí mismo calorró. Calorró es "el pueblo". El resto de la población consiste de payos y gachés. Ello no solo significa que no son gitanos, es el equivalente de idiota. Para los calorrós está la gente: ellos. El resto son idiotas.

Durante mucho tiempo ser parte del mundo de Agustín me protegió de esa otra sociedad definida que yo conocía, levantarse para ir al trabajo todos los días, laborar como un tonto para un patrón, matarte por comprar cosas que no te hacen falta, creer que realmente puedes ser dueño de algo en esta vida.

Gaché.

Gachí.

Probablemente eso eres tú. Y al fin de cuentas, eso era yo también.

. . .

El jueves voy al garaje y saco el coche de la familia, que mi padre nos dejó para todo el día. Llevo a mi madre a la nueva clínica de cinco pisos donde su cardiólogo tiene el consultorio. Después de varios exámenes el doctor sale a hablar conmigo. Lleva un turbante negro y tiene la nariz curva. Me gustan sus zapatos italianos. Tengo la vista fija en sus pies porque espero que él hable primero. Le hicimos unas pruebas a su madre, cuando tengamos los resultados la llamaremos, dice con acento hindú. Mientras tanto, le he recetado unas medicinas para la angina.

Quisiera preguntarle que es angina pero no sé por qué tengo tanta dificultad en hablar. Si no pregunto seguramente habrá algo que mi apá querrá saber más tarde.

¿Polio? El doctor de corazones pregunta con un leve gesto de la mano hacia mi pierna.

Yo asento.

Bien. Okay hasta la próxima, dice el doctor dando un suspiro antes de marcharse.

Entro a la sala de consultas a ayudar a mi madre a ponerse el abrigo. Me da su tarjeta para que yo pueda recoger las medicinas. Ah, y aquí está la lista de abarrotes, dice arrancando un pedazo de papel de la libreta donde anota las recetas de cocina de la televisión mexicana. Salsa tamari. Piñones. Tres libras de cordero deshuesado.

Okay, le digo. Okay es una palabra fácil de decir. No sé por qué a veces me es tan difícil decir las cosas. El lenguaje es demasiado complicado y no importa cuantos idiomas uno se haya robado.

Dos: Los sábados me obligan a hacer tortillas.

Los sábados estoy obligada a hacer tortillas. Es el castigo que sufren las hijas pródigas, estoy segura. Los hijos heredan la tierra y la riqueza. Las mujeres tienen que hacer el pan, continuar lo que habían dejado sin terminar si es que quieren pasar por desapercibidas para que nadie se acuerde de sus grandes aventuras.

Mi madre me despierta temprano para que haga las tortillas antes de irme al trabajo. Mientras, Amá empieza a lavar la ropa como lo ha hecho desde que tengo memoria. Cuando yo era niña no teníamos lavadora. Los sábados, su día libre, ella metía toda nuestra ropa sucia en un saco grande blanco el cual ponía dentro de un carrito que jalaba escaleras abajo y luego una milla y media hasta la lavandería más cercano. Sin hacer caso del clima, como los carteros, nada detenía a mi amá de tenerle la ropa limpia a mi padre para el trabajo el lunes en la mañana.

Cuando yo era adolescente Amá se compró una lavadora de rodillos a plazos en Simon's Appliance Store donde todo era bueno, bonito y barato como decía el dueño gachó en los anuncios que pasaban por la madrugada en la tele en español. Los sábados ella empujaba la lavadora hasta el fregadero de la cocina para hacer su lavado. Cuando hacía buen tiempo colgaba la ropa en el porche trasero para que se secara. Vivíamos en el segundo piso y a pesar de que el edificio tenía un traspatio nuestra casera no nos permitía usarlo. No podíamos siquiera poner un pie sobre la grama, solo nos dejaba cruzar rápidamente para llegar al zaguán a depositar la basura. Ustedes son unos mexicanos agradables, no como esos otros, decía la casera con una sonrisa plástica que revelaba sus dientes viejos y los espacios de otros dientes desahuciados. Supongo que nos distinguía de los mexicanos desagradables al alabarnos porque nos hacíamos lo más invisible que podíamos.

Como Apá era oriundo de El Paso —el Norte— prefería las tortillas de harina en lugar de las de maíz. Ahora mi madre se opone de nuevo a darme esa tarea, me imagino como un castigo por no haberme casado y por no tener hijos para quienes yo tendría que hacer tortillas algún día. La jefita dice que si yo tuviera un hombre ya hubiera aprendido a hacer las cosas correctamente, a hacer buenas tortillas, a planchar los pantalones con un filo decente, y por supuesto a mantener los calcetines en parejas enrollándolos en nítidas bolas como ella lo hace semanalmente para sus hombres.

A pesar de que no tengo habilidad para ciertas cosas o no puedo hacer nada bien, una vez tuve dos amantes y cuando estábamos juntos nada faltaba ni nada sobraba. Éramos un todo mayor que la suma de nuestras partes. Durante 17 años amé a un hombre que no era todo mío, era prestado. Y por un año tuve a Manolo y Manolo me tuvo a mí. Qué importa si un día todo se fue al infierno.

Agustín era prestado pero no como se presta una taza de azúcar. Él consideraba eso cosa de gachós. Mucho de lo que me venía naturalmente estando con Agustín, él lo atribuía a lo calorró —las costumbres gitanas. Yo no entiendo por qué insistes en que eres indígena, él decía, eres cien por cien calorrá, guapa. No eres una princesa azteca, ¡eres una reina gitana! Por la manera en que me vestía, por la manera en que hablaba, por la manera en que bailaba. Por la manera en que limpiaba la salsa de tomate de mi plato con un pedazo de pan duro y me bebía el vino tinto de un solo trago. No solo por la manera en que llevaba mi pelo largo y por su textura, decía él, enrollando sus dedos en mi cabello. Nunca entendí lo que quería decir con lo de que yo era calorrá cien por cien, pero la idea de ser cualquier cosa cien por cien me atraía, así es que no lo discutí.

De niña yo tenía una imagen de las calorrás o de lo que la mayoría llama gitanas. Eran mujeres que se teñían el pelo de un color naranja escandaloso, con las raíces negras y horquetillas en las puntas. Se sentaban en sillas de comedor en la acera durante las olas de calor, con blusas de escote muy bajo, sandalias de tacón alto que revelaban las pintorreteadas uñas de los pies. ¡Sinvergüenzas! Un día oí a uno de mis tíos llamarlas así. Tenían la voz ronca de tanto fumar y llamar a los transeúntes para leerles las palmas de la mano. Ven acá, guapa. Déjame que te adivine el futuro. ¿Quieres saber cómo ganar más dinero? ¿Quieres un novio? Oye, ¿qué le pasó a tu pierna? ¿Quieres que te la arregle? Ven, mira que te puedo ayudar. ¿Dónde vas? Oye, gachí, ¿qué te pasa hija mía?

Había tropezado con los calorrós en los estacionamientos del supermercado. Siempre querían arreglarte las manchas de óxido de tu coche. Vendían relojes de oro. Es posible que entre ellos estaba tu propio reloj, y te lo querían vender antes de que te dieras cuenta que te lo habían robado. Te llamaban lerdos si rehusabas sus ofertas, gaché de veras.

Los gitanos me asustan, le dije a Agustín la primera vez que hicimos el amor sobre un sofá decrépito en su estudio de danza, el sofá de las mil y una noches de Agustín, un sofá más famoso que él.

¿Qué piensas de los gitanos ahora? ¿Te asusto? Me preguntó poniéndose los pantalones y metiéndose la blanca camisa almidonada, arreglándose el collar, y deslizándose dentro de su elegante chaqueta. Na, le dije. ¿Por qué ha de ser? Estaba sentada en el sofá en mis enaguas y con las medias de nylon arremangadas al tobillo, pero completamente desnuda de la cintura para arriba. Sentí que una gota de sudor se deslizaba por mi cuello. La sentí quedarse inmóvil por un segundo, y luego desmayarse. Agustín me miró. ¿Sabes lo que me asusta a mí? Preguntó. ¿Qué? le dije. ¿Qué te puede asustar a ti? Tú, me dijo. Tú me asustas. Y salió sin darme siquiera un beso de despedida.

Agustín era un calorró nacido en Cleveland, un lugar nada exótico donde nadie espera encontrar un gitano. Los gitanos están por todas partes, pero preferimos no verlos. O más bien, como siempre me decía Agustín, nosotros optamos por no ser vistos. Cuando él se graduó de la universidad se fue a viajar por Europa en busca de las raíces nómadas de sus ancestros. Estudiar en la universidad fue otro estereotipo gitano quebrado. Agustín decía que todo en su vida era diferente del resto de su gente por la simple razón de que su madre lo parió en un hospital. Debido a que su nacimiento fue oficialmente inscrito su vida se convirtió en una inscripción paya tras otra. Cuando regresó a Estados Unidos ya no era August Ristich, graduado de la Universidad de Wisconsin, hijo de un vendedor de coches, sino Agustín el Bailaor, el mejor músico flamenco (y a veces bailarín) que jamás pisó las costas de Norteamerica.

Agustín era mío cuando estaba conmigo pero nunca ante los ojos de Dios, o undebé como Lo llamaba Agustín. Nada excepto la muerte podría borrar los lazos sagrados entre Agustín y su esposa —una mujer de cuentos de hadas lejana, la madrastra de la Bella Durmiente a mi parecer.

Una vez le pregunté a Agustín, ¿Hay que escribir undebé con mayúscula? Y me contestó como siempre que le preguntaba sobre alguna palabra que había dicho y que yo no entendía: Qué sé yo. Y repetía de nuevo que "el pueblo" no tenía necesidad de escribir nada porque los libros eran cosas de los payos para satisfacer sus necesidades. Lo que los calorrós necesitaban saber lo sabían. Los conocimientos lo traspasaban de uno a otro, siglo tras siglo, de padres a hijos, de país a país, de continente a continente. A pesar de que, decía, a los gitanos no les entusiasma mucho hacer largos viajes sobre el agua.

¿Y por qué no? Le pregunté sin pensar, como siempre.

Cada vez que un gitano era invitado a visitar las Américas por barco era porque la alternativa era la horca. Los oficiales calculaban que no llegarían a tierra de todos modos. Y así fue para la mayoría de ellos, me contó Agustín.

Agustín y el baile y la música se convirtieron en algo sagrado para mí —un filamento de la vida de la que yo era parte solamente a través de él y a causa de él. Cada noche, cada hora que pasé en compañía de Agustín durante tantos años me sentí cautivada por sus extrañas palabras, por su mundo extraño y su amor que era lo más extraño de todo.

Pero un día todo terminó tan rápidamente como había comenzado.

Hasta ese entonces, todos los veranos cuando Agustín se iba a España por varios meses para estar con su esposa, yo esperaba sus cartas que nunca llegaban y esperaba por una llamada telefónica que nunca se inició y finalmente solo esperaba por él y cuando al fin regresaba todo comenzaba de nuevo entre nosotros.

A las 2 de la mañana, después de nuestro último número de baile, bebiendo nuestra última copa del Carlos Primero que Agustín había traído de España, escuchándolo tejer su original filosofía de la vida entre haladas de sus pungentes cigarrillos Rex, Carmen la Coja se asía del humo que exhalaba Agustín, de las palabras de Agustín, de su presencia, de su esencia misma, que daba oxígeno y absorbía luz al igual que una pequeñísima gota de rocío se adhiere a una pálida y húmeda hoja.

Así es como nos amábamos. Así es como sobrevivimos las tormentas marinas de nuestro amor calorró, amor de ladrones. Así es como logramos sobrellevarlo todo, las épocas en que no teníamos trabajo ni dinero, las épocas en que teníamos mucho trabajo y suficiente dinero, las épocas en que estábamos separados, las amenazas de muerte que me hizo su mujer y mi casi muerte por la maldición que ella me echó, el hijo que no tuvimos, todo tipo de triunfos y fracasos que ni siquiera una cartomántica deslenguada pudo predecir. Sobrevivimos lo inimaginable durante diecisiete años, todo menos Manolo.

Hasta que Manolo hizo su aparición me bastaba un amor prestado. Después de Manolo, todo lo que deseaba, todo lo que todavía deseo es el amor que él me dio —no un amor absoluto pero sí un amor que me pertenecía a mí y a nadie más.

Manolo solo tuvo un año contra los diecisiete de Agustín, y fue cuando aprendí que el tiempo no es lo más importante. El tiempo en sí no es formativo, pero ciertos eventos, gente, o lugares si lo pueden ser. Algo sucede y de pronto miras a tu alrededor y no reconoces nada, ni siquiera a ti misma.

Manolo era un malcriado, insatisfecho con pedazos. Y absorbente. Conmigo. Con Agustín. Siempre andaban juntos. Pasaban más tiempo uno con el otro que conmigo. ¿Por qué es que Manolo parece estar siempre pegado a ti? Le pregunté a Agustín. Me sentía celosa de que Manolo necesitara a Agustín tanto como a mí. Es muy joven, un ramito de oliva primaveral, dijo Agustín a modo de excusa por la influencia que Manolo tenía sobre ambos.

Quiero que me posea por completo.

No puede, dijo Agustín. Es demasiado tarde.

Tres: Durante años y años viví sola, deliciosamente sola.

Durante años y años viví sola, deliciosamente sola. A pesar de que mi pequeño estudio en el Hotel Hollywood no era exactamente del estilo que se ve en las páginas de la revista *Country Living*. Las sirenas de las ambulancias estremecían los cristales de las viejas ventanas a toda hora del día y de la noche. El traqueteo del tren elevado que pasaba cada media hora sacudía mi sueño por las noches. Alguno que otro grito horripilante y los consabidos tiroteos al amanecer raramente me dejaban descansar.

Pero aun así era mi espacio. Y solo yo tenía la llave de la puerta.

Me robaron un par de veces, pero aparte del televisor portátil y la radio yo no poseía nada que algún narcómano pudiera vender. La pobreza tiene sus ventajas. Cuándo se es probre, ¿qué se puede tener que otros quieran tener?

Excepto tu tranquilidad mental. Tu dignidad. Tu corazón.

Las cosas importantes.

. . .

No iré contigo, le dije a Agustín la noche que por primera vez vi a Manolo. Agustín estaba en mi casa. Esa tarde él bailaría con Manolo y su padre. La gran reunificación de los auténticos maestros andaluces, como Agustín mandó a poner en los periódicos. A pesar de que uno de ellos era oriundo de Cleveland. Soy la primera en decir que Agustín era tan bueno como cualquier otro. Quizás nunca recibió el crédito que se merecía por no ser un verdadero andaluz. El padre de Manolo era serbo, pero nadie lo mencionaba debido a los problemas que ocurrían en esos países, y los gitanos son siempre los primeros en pasarla mal cuando hay conflictos y guerras. En las noticias nunca nos enteramos de lo que les ocurre a los gitanos, ni siquiera en la radio pública.

¿No te sientes bien otra vez? me preguntó. Parecía que le preocupaba mi condición, pero estaba más nervioso que una jovencita en su primera cita con el novio por su importante debut en Norteamérica con el padre de Manolo. Yo sabía que yo no le importaba un bledo en ese momento, así que decidí quedarme en casa.

Debido al largo tiempo que había sido la estrella de Agustín me había convertido un poco en un pececillo prima donna en nuestro pequeñísimo acuario flamenco. No se me había escapado que Agustín mostraba un interés fuera de lo común en la nueva bailadora del grupo, una joven y rubia Minnie gachí Mouse de Los Ángeles. Estudío en Sevilla y tenía el torso más firme que una morcilla y los dedos más largos que los míos, yo que era famosa por mis manos. Cuando alzaba sus blancos brazos y hacía girar sus manos en el aire parecían un par de cisnes haciendo el amor.

Courtney. Desde la primera vez que nos vimos quedamos enemigas instantáneas, dos perros de pelea adiestrados a matar. Me alegró que no hubiese testigos. Aquel no fue uno de mis mejores momentos, pero si uno que me regocijó de haberme criado con dos hermanos pendencieros.

Casi siempre me llevo bien con las mujeres. Pero en el mundo de los bailaores, donde cada uno se pone de pie para lucírselas, mujeres contra mujeres, hombres contra hombres, a menudo en el espíritu del baile y la diversión, había algunos individuos que solo querían reinar por sí solos. Siempre había uno que se creía mejor y tenía que probarlo pisoteando a los demás. Courtney era una de esas. Quizás le venía por sus impulsos competitivos de gringa. Pero el baile flamenco no es Broadway. No se trata de un baile. El flamenco lo duermes, lo comes, lo sueñas, lo piensas. No hay que ser esbelta ni siquiera joven para bailar flamenco. No hay que tener la dentadura completa o el pelo brillante. Solo hay que sentirlo por dentro, llevar el ritmo, conducir y seguir a los músicos.

No creo que Courtney entendía eso; ella solo quería ser la que más llamaba la atención. El flamenco no era su vida. Agustín se había dado cuenta de ello. Era una manera de ser popular. Él sabía eso también. Ella siempre se salía con las suyas, él decía. Su mamá la inscribió en concursos de belleza desde que era una bebita, luego en clases de baile. Tenían mucho dinero y una sola hija en quien gastarlo. Al igual que las chicas de secundaria que tratan de seducir al capitán del equipo de *football* para así convertirse en el centro de atención, Courtney le cayó atrás a Agustín y por lo que fuera, a Agustín le encantó la cacería.

Hasta ese momento, hasta que Courtney puso los pies en el estudio aquel día Agustín no había sido mi vida, pero me había dado dos piernas.

O la ilusión de dos extremidades espléndidas con las que me ganaba la vida.

Y ganarse la vida no es una ilusión.

Courtney llegó con los brazos cargados de trajes ostentosos, seguida por el suntuoso chasquido del satín y el tul que es música para los oídos de los bailarines. Cuatro pares de zapatos le colgaban de los dedos. Sus peinetas y flores artificiales insertadas al azar en su pelo amarillo. Cargaba todo a la vez, me imagino que para no tener que bajar las escaleras de nuevo hasta su coche. Parecía una mujer-carroza en un desfile de orgullo étnico.

Courtney inspeccionó el estudio, observando cada detalle igual que Nancy Reagan en su primera visita a la Casa Blanca, cuando aun no se había mudado y ya tenía planificada la redecoración. Yo esperaba a Agustín en un suéter devorado por las polillas al que le faltaban dos botones. Era mi único suéter de lana y siempre lo usaba en los ensayos porque tenía muy mala circulación. Me miró de arriba abajo con sus ojos color azul-California. Yo sé quién eres, me dijo en un tono que sonaba como una acusación. Era obvio que ya me había tachado de rival. Nunca hubieras triunfado en España, sabes, me dijo. ¿Y por eso es que *estás* en Chicago? Dije yo. Me estaba limando las uñas y súbitamente sentí la necesidad de meterle mi lima de uñas de la buena suerte por la nariz. Le digo de la buena suerte porque me ha ayudado mucho en varios momentos difíciles. Las ganas que sentí de hacerle daño físico me confirmaron que ella y Agustín ya se habían acostado. No, dijo. Vine porque Agustín me llamó a Sevilla y me dijo que viniera para Chicago. Me dijo que el grupo necesitaba una bailadora realmente buena.

¿Para eso nada más te quiere usar? Pregunté. Courtney dio un paso hacia mí, miró mi pierna que había puesto en alto sobre una silla frente a mí, y se detuvo como si dijera, Alégrate que no te puedes defender.

Claro que fue más dificultoso caminar hasta ella que si ella hubiese venido hasta mí para ahorrarme el viaje, pero una vez llegué, valió la pena. Se quedó petrificada de incredulidad porque me atreví a llegar tan cerca, la lima de uñas en el hueco de la nariz izquierdo lo suficientemente adentro para disuadirla de apartar mi mano súbitamente.

Quédate con él, le dije, me lo cagué hace tiempo.

Aprendí esa encantadora expresión de Agustín.

Más tarde, cuando Agustín llegó y preguntó si nos habíamos conocido, Courtney dijo, No hace falta que nos presenten, gracias.

¿Qué bailarina flamenca se llama Courtney? Le pregunté a Agustín, sacando unas pezuñas que ni siquiera sabía que tenía hasta ese período de mi vida en que de pronto todas las mujeres eran más jóvenes que yo y tenían a Agustín salivando detrás de ellas como un perro callejero.

Me quedo en casa, dije con firmeza, aunque me pareció que él no iba a tratar de persuadirme de lo contrario y así fue. Yo todavía no había conocido a Manolo ni a su padre. Una vez que Agustín anunció que había escogido a Courtney, en vez de a mí, para que bailara con Manolo, rehusé ir a los ensayos.

Después de la función habría una fiesta en casa de José, un gran vacilón en honor de Manolo y su padre, dos grandes gallos de Andalucía, los auténticos. Nada de impostores como nosotros, como acostumbraba a decir Agustín últimamente. Courtney era gachí pero en fin de cuentas, yo también lo era.

José y su mujer eran miembros de nuestra compañía de baile, pero ellos no se tomaban las cosas tan a pecho como yo por razones obvias. ¿Irás a casa de José y Rocío más tarde? Me preguntó Agustín. No, le dije. Su fue resoplando como si se hubiera enojado por ello, pero no era más que puro teatro. Así era nuestro romance por ese entonces, un amor disecado como un níspero abandonado en el frutero y ambos demasiado vagos para tirarlo a la basura.

Esa noche como a las once más o menos, cuando la función hacía rato que había terminado y me imaginé que la fiesta estaba a punto de empezar, me sentí intranquila luego de escuchar una alborotosa pelea en el pasillo justo frente a mi puerta. Me puse mi mejor leotardo negro, mi falda larga de más colorines, todas mis pulseras de fantasía y mis aretes favoritos (regalo de un ardiente admirador turco que cada vez que me los ponía le daban celos a Agustín) y salí.

Al llegar al apartamento de José y Rocío entré por la puerta de atrás. Me sentí un poco culpable de no haber ayudado a Rocío con la comida a pesar de que me lo pidió, así es que decidí encararla en la cocina inmediatamente y ofrecerle, aunque tarde, mi ayuda. El pequeño apartamento estaba tan abarrotado que tuve dificultad en entrar. Lleno de gitanos y *groupies* de gitanos, aspirantes a flamenco y artistas locales y quien sabe quien. No vi a Rocío, así que me serví una copa de vino tinto y decidí salir a la caza de Agustín.

Parecía imposible avanzar entre la multitud sin hacer un gran esfuerzo y me quedé atrapada entre la cocina y la sala. Avisté a Courtney quien debo admitir lucía radiante esa noche, resplandeciente sin duda ante tanta atención sobre la función. Ella también me vió pero se volteó rápidamente. Desde nuestro primer encuentro me trataba como si me faltara un tornillo y mantenía la distancia.

Finalmente escuché la voz de Agustín alzarse sobre las otras voces, lo que no era raro porque le encantaba escucharse hablar y todo el mundo tenía que hacer lo mismo. Inmediatamente mi vista de águila aterrizó sobre una cara que escuchaba atentamente a otra persona —que me pareció era Agustín. Cejas negras, negras como alas de cuervo sobre ojos rasgados, nariz tal vez demasiado fina para un hombre, boca pequeña y sensual, tez morena, con tonalidad cobriza en vez de aceitunada. La límpida cara fotogénica de Ramón Novarro, estrella del cine mudo, atrapado en papeles clisés de torero, bailador de tango, sheik árabe, durante la época de oro del cine en Hollywood, México, España, Buenos Aires, dondequiera que hombres bellos aparecían en películas que hacían a las mujeres soñar con ellos como amantes, héroes de guerra, hijos maravillosos, estrellas refulgentes que iluminaban nuestras monótonas vidas por el precio de un boleto para la matinée.

Él también me miró y cuando nuestros ojos se encontraron, me sonrió.

Tomé un sorbo de vino y reflexivamente me quité del alcance de su vista. No que yo tuviera objeción alguna a que un buen mozo moreno y exótico me sonriera al otro lado del atestado salón, pero al saborear la intensidad del momento, a pesar de ser un clisé (y por ser tan clásico), me di cuenta que era *Manolo.* ¡Manolillo! El bailador niño prodigio de Agustín, el hijo que nunca tuvo. Cuando miré en su dirección de nuevo había desaparecido.

Y súbitamente tuve a Manolo frente a mí.

Ahora nos miramos a los ojos, pupila a pupila, nuestras narices a dos centímetros y medio de distancia.

Seguía siendo bello.

Quizás aún más.

Que linda eres, me dijo en español.

Y antes de que yo pudiera sonrojarme o decir algo como, Bueno, caramba, tu también, o Gracias, y pestañear recatadamente, o No comas mierda, tío, soy la mujer de Agustín y se lo que te traes, me besó y su lengua traviesa abrió mis labios a empujones y tomó aposento en mi boca así como así.

Después me miró y no dije nada. ¿Qué podía decir? Se quedó así cerquita, mirándome hasta que yo cambié la vista. Con movimientos bruscos se abrió camino a la cocina a servirse un trago de casalla del fregadero que Rocío había llenado de bolsas de hielo para mantener frescas las botellas del aguardiente casero, y sin siquiera echarme una mirada se desapareció entre la multitud.

Me muero, pensé. Tragué en seco porque mi saliva acababa de evaporarse y el vino no logró hacerla fluir de nuevo. Me compuse y me fui, huyendo como un ratón alado al que han tirado al cielo por la cola.

Cuatro: Prefieren pensar que el primer amor de una chica es inocente.

Prefieren pensar que el primer amor de una chica es inocente. Eso me dijo mi amiga Chichi esa noche en mi habitación. Me quedé tan desasosegada por el beso de Manolo que no pude dormir. Un beso estúpido de un gitanillo, obviamente un gigoló. Pero estaba convencida que ya estaba muerto. ¿Por qué dices eso? Dijo Chichi con cierta irritación que no iba dirigada a mi sino porque había tenido una noche desastrosa en las calles de Chicago y decidió cerrar el negocio. Chichi no tenía un chulo a quien darle cuentas ya que debajo de la minifalda de satín lo que había era puro músculo, ligas y un sostén recortado para que se asomaran los pezones. Ella se podía defender muy bien por si sola, y podía abandonar el turno cuando le diera la gana. Aprendí mucho de cómo ser una mujer de Chichi, que era mucha mujer a pesar de ser un hombre. Me tropecé con ella en el pasillo cuando las dos entrábamos.

Lo digo porque es cierto, le dije. Estoy muerta. Es el principio de final. Ese muchacho es mi destino y yo soy el suyo. Y ya sé que cuando Agustín se entere nos atará a los dos y nos tirará al río Chicago. No, a Manolo no, solo a mí. Él nunca mataría a un hombre... Bueno, quizás sí...

Ese muchacho te alborotó, dijo Chichi. Nunca te había visto así.

Lo sé, Chichi, le dije. Me toqué la cara que me ardía. Mis manos estaban heladas. Ay sí, que problema, dije. ¡Me dio fiebre! ¿Puedes creerlo? ¡Ese muchacho me ha dado fiebre!

Me entró un ataque de hipo.

Chichi sacudió la cabeza. Los primeros amores son así, no importa la edad que tengas cuando te asalta, dijo. Déjame decirte algo. Yo tenía trece años cuando mi tío comenzó a hacerme cositas y disfruté cada momento. Chichi sonrió, haló una de sus pestañas postizas, dijo un Ay bajito, y se quitó la otra.

Yo tambíen tenía trece, dijo. ¿Cuándo perdiste la virginidad, mi amor? Preguntó Chichi. Bueno, ¡quién lo diría...! ¡Pensé que no eras capaz...! No, le dije, cuando perdí mi inocencia. Estaba enamoradísima del hermano mayor de Vicky, dije. No estaba segura si de verdad quería contarle a Chichi la historia de la pérdida de mi inocencia, pero tenía que contársela a alguien algún día. No estaba segura, pero lo hice de todos modos.

Una noche que me quedé a dormir en su casa Vicky dijo, vamos a emborracharnos. Sus padres habían salido. Mi madre no lo sabía sino no hubiera dejado quedarme allí, dije. Nos limpiamos el whisky escocés del padre de Vicky —Vicky, su hermano y yo— y rellenó la botella con agua, como si su padre no se fuera a dar cuenta. ¡*Man!* Aquel hombre estaba bueno, le dije a Chichi. ¿El padre? Preguntó ella. ¡No! ¡El hermano de Vicky! Dije yo. Cuándo estábamos borrachas Vicky dijo, ¡Juu! ¡Qué calor hace aquí! Quitémonos la ropa. ¡Ándale Carmen, no seas tan remilgada! Ella y su hermano intercambiaron una mirada y me di cuenta que tenían algo planeado pero ya era muy tarde para echarme atrás. No podía regresar a mi casa así de borracha. Y además hacía calor de veras en aquella casa. Y como me interesaba mucho el hermano, y también Vicky me caía muy bien excepto que no estaba enamoriscada de ella. ¿Sabes que a veces cuando eres chamaco puedes tener una amiguita que admiras tanto que te puede empujar a hacer cualquier cosa...?

¡Ay! Exclamó Chichi. Se paró y se dirigió a mi refrigeradorcito y sacó un par de cervezas. Miré sus tacones talla once junto a mi cama. Mi cama también hacía de sofá en mi hogar de una habitación. Creo que sé dónde va este cuento... pero si insistes, ¡sigue por favor! dijo Chichi.

Si no lo quieres oir no te lo cuento, le dije. Mi viré hacia la ventana y vi el letrero lúminico del Hotel Hollywood que estaba a punto de apagarse. El cielo se tornaba color de rosa sobre la neblina que flotaba encima de los edificios. El amanecer es el mejor momento para saber que clase de día tendrás. Estaba color de rosa y magenta y azul pálido pálido. ¡Ay, claro que lo quiero oír! Insistió Chichi. ¡Por favor, ándale! Bajé la vista y tomé uno de sus zapatos. Dios, que lindos son, dije. Deja mis zapatos en paz, dijo Chichi.

Quería mucho a la Chichi. Me parecía que tenía tanto estilo y clase. Hace un tiempo ella me regaló un par de pantalones de cuero negro una Navidad. Fueron mis primeros pantalones. Hasta me los puse una vez.

Antes que supiera lo que estaba pasando, Vicky y yo estábamos besándonos desnudas frente a su hermano, dije. Lo disfruté a pesar de estar borracha. Fue mi primer beso, ¿sabes? De Vicky, mi mejor amiga. Todavía es mi mejor amiga aunque estudió en Princeton. ¿Te he dicho lo inteligente que es mi amiga Vicky? Bueno, pues en realidad esa noche no pasó más nada que un beso, dije. Pude ver el desencanto retratado en el rostro de Chichi y me hubiera gustado tener algo más que contarle, pero nunca he sido mentirosa. La verdad es lo que es o no lo es. Te guste o no te guste. Después de terminar de beber las cervezas en silencio, Chichi dijo, Carmen, eso es tan típico de ti. ¿Cómo no se te ocurrió que había algo extraño en todo aquello aunque no tenías experiencia sexual?

¿Qué iba yo a saber que los dos eran gay? Dije. ¡Ni ellos mismos sabían que eran gay hasta aquel momento! ¡El realidad fue luego de acostarme con los dos —más tarde y por separado— que cada uno decidió que era gay! Chichi me miró como si estuviera loca o quizás porque era tan tarde que parecía una loca. Me pasé la mano por el cabello. ¡Pensé que yo volvía a la gente gay! Le dije. ¿Qué te parece tener ese talento especial?

¿Eres gay? Me preguntó Chichi.

¡No! ¿Y tú? Pregunté.

¡No! Dijo Chichi, y para mostrar su indignación por mi pregunta salió por la puerta disparada sin ni siquiera molestarse en ponerse sus lindos zapatos.

Capítulo 3

Uno: Cualquiera diría que me preparaba para ganar una Medalla de Oro…

Cualquiera diría que me preparaba para ganar una Medalla de Oro el primer año que trabajé con Agustín. Le pedía continuamente que me llevara a España un verano, para ver como se bailaba de verdad ya que siempre nos gritaba a todos los que bailábamos con él y a los estudiantes en su clase, que a sus espaldas llamaba "clases de baile *flamingo* para *yuppies*". Decía que eran un montón de Yaquiesieran. Carajo, entonces llévame a Cádiz, le dije. ¡Si esas mujeres son tan buenas bailadoras déjame aprender de *ellas!* Por supuesto, enseguida cambiaba el tema. Agustín vivía una vida doble y en Cádiz su esposa lo hubiera quemado vivo de atreverse a llegar con una mujer de América. Por lo tanto, para mí seguía siendo un lugar donde nada ni nadie era real y todo refulgía como un collar de diamantes. Hasta un plato de sopa de frijoles negros sabía muchísimo mejor allá, decía él. Y para la esposa de Agustín, ¿comó sería América? Con todos los rumores que sobre él le llegaban como un virus mortal arrastrado por el viento, posiblemente el Infierno de Dante. Por eso nunca ella nunca vino aquí ni yo fui allá.

A pesar de todo, me mantuve firme hasta el día en que Agustín dijo, Quiero que le enseñes a esas yuppies como bailar las sevillanas. *¿Yo? ¿Enseñar?* ¿Por qué no? Dijo él. Tú aprendiste con Dorotea, una de las mejores maestras en este maldito país y llevas mucho tiempo trabajando conmigo, ¿no? ¡Por supuesto que puedes enseñar! A pesar de tu pierna mala eres mejor que cualquiera de esas criaturas sin ritmo. De cualquier manera, ellas solo quieren probar algo exótico, dijo. ¡No sé por que no se conforman con la comida tailandesa! ¡Te digo, me parece que en Chicago hay más restaurantes tailandeses que en la misma Tailandia!

Mi primer día de clases el lunes por la noche temblaba bajo mi falda y mantón. Me agarré el pelo con un pedazo de estambre y trate de sonreír y hacer contacto visual con cada una como me explicó Agustín. Dijo, Míralas directamente a los ojos, así demuestras quien manda. Debo decir que tenía que establecer mi autoridad inmediatamente, ya que cuando entré y me senté a ajustarme el aparato ortopédico de la pierna inmediatamente hubo revuelos y cuchicheos que me hicieron sospechar que había un motín en cierne. Okay, ladies, dije, dando palmadas severamente parándome frente al grupo como si fuera a dar clases de ballet en el Little Princess Dance Studio. Póngase en línea con su pareja para las sevillanas, vamos. Me viré hacia Agustín y Juan, quienes iban a tocar para nosotras, y les di la señal que empezaran. La docena de mujeres en varios tipos de trajes y vestimenta se voltearon a mirar a los hombres, quienes inmediatamente comenzaron a tocar, así que ellas deben haber decidido que yo era en realidad la profesora y comenzaron a seguir mis movimientos. Precisamente debido a mi evidente desventaja, cada gesto, cada paso que yo indicaba era preciso. Agustín tenía razón. La mayoría no tenían ritmo. Para mí era un profundo misterio por qué tomaban clases de flamenco cuando para mí el baile era mi vida. Noté la mirada de frustración que me echaron un par de ellas. Quizás porque le pagaban al estudio lo que le pagaban y, a pesar de falta de ritmo, pensaban que se merecían algo mejor que una instructora de baile coja. Ignóralas, me había dicho Agustín. Los estudiantes americanos asumen que ellos pagan tu sueldo y por lo tanto eres su sirvienta, en vez de asumir que pagan por el privilegio de aprender.

¡No me miren a *mí!* les grité. Era un manojo de nervios. ¡Olvídense del aparato! Exclamé, pisando fuerte con mi pierna sana. ¡Ese es *mi* problema! ¡Escuchen lo que les digo! *Oigan* la música... ¡la guitarra les dice qué tienen que hacer! ¡Cuándo sepan los pasos entonces ustedes le podrán decir a la guitarra! Pero por ahora, ¡no se preocupen por *mí!*

¡Olé! Grito Agustín desde su asiento, y Juan y él se echaron una risita. ¡Brava! dijo una de las mujeres, otras asintieron con la cabeza sonriendo. Vamos, le dije, ven acá y baila conmigo. Se acercó y se paró frente a mí. Creo que no sé dar el paso bien todavía, dijo. No te preocupes, ya aprenderás, le dije y le ayudé a erguirse pasándole los dedos levemente por la espalda, como si moldeara una estatua de arcilla. Si no tienes la postura correcta mejor será que te vayas al lado a tomar clases de swing, le dije. Allí te puedes encorvar todo lo que quieras, pero si quieres a bailar flamenco tienes que erguirte.

Repitan, por favor, dije de mal talante. FLA-MEN-CO. ¡Si quieren *flamingos* vayan a la Florida!

Algunas se quedaron en la clase por varias semanas y más tarde otras se unieron a bailar con Carmen la Coja. Confieso que llegó a gustarme dar "clases de baile *flamingo* para *yuppies*". A menudo las mujeres se inscribían porque habían visto el video de Carlos Saura con sus nuevos novios y se les ocurrió que quizás una noche los sorprenderían, como Salomé, con un espectáculo privado, o quizás irían de vacaciones a España y querían sentirse a tono, pensando que el flamenco es como el merengue, que con la mayor naturalidad cualquiera se paraba en un bar a bailar. Las mujeres mayores tomaban la clase como un último esfuerzo para ser más seductoras, decían.

Mírame, le dije a una señora de los suburbios cuyo marido, ella dijo, ganaba mucho dinero pero nunca estaba en casa. La tomé por la barbilla y sus ojos miraron a la izquierda, a la derecha, y hacia abajo. Mírame, le dije otra vez. Cuando me miró le solté la barbilla. Tenía el cuello erguido y la cabeza balanceada como un jarrón de porcelana en un pedestal. Debes mantener esa pose cuando estés en la calle, cuando entres a un restaurante, cuando tu marido llegue a casa. Ten la cabeza en alto. La dignidad es lo más sexy que puede aprender una mujer.

No sé dónde aprendí ese consejo, además, una joven harapienta de veintitantos años como yo hablándole así a una señora rica como aquella. Le eché una mirada a Agustín, que como siempre me estaba observando, él bajó la cabeza pretendiendo afinar la guitarra.

Corrió la voz sobre mí y mantuvimos las clases por casi seis años. A veces mis clases en una sola pata animaban a las que tenían dos pies izquierdos mientras que a otras les intimidaba porque no podían creer que una mujer pudiera bailar con una sola pierna hasta que lo veían con sus propios ojos.

Dos: Me contemplo larga y profundamente...

Me contemplo larga y profundamente en el lado de aumento de mi espejo de maquillaje iluminado y noto que un lado de mi cara definitivamente luce más joven que el otro. A los casi cuarenta comienzo a parecerme a una pintura de Picasso falsificada.

Ya casi no uso maquillaje pero mis jefitos me regalaron el espejo cuando cumplí los 25. Recién entonces me habían visto bailar profesionalmente por primera vez y parecían genuinamente orgullosos de mí. Querían darme algo que me ayudara en mi carrera, algo para una estrella, dijo mi padre. Una verdadera belleza, dijo mi madre.

Ese fue también el año en que Abel, el hermano inútil, finalmente se casó después de un noviazgo de ocho años. Los jefitos pensaron que nunca se iría de la casa. Les caía muy bien la nuera, pero quizás más de lo que ella quería a mi hermano porque al cabo de un corto tiempo se separaron y él regresó a casa de mis padres. Ella se desapareció. Por otro lado, José, el rey y señor del derecho de primogénito, nunca les dio un dolor de cabeza a mis padres. Al retirarse de la Fuerza Aérea se casó y se acomodó muy bien en Calumet City donde vivían sus suegros. En cuanto al baby, Negrito, mi madre rezaba por él constantemente. Pero ese año ingresaron a Negrito en un nuevo programa de desintoxicación en el cual mis padres creían fervientemente que se iba a mejorar. Se va a mejorar.

Sé que hay unas nuevas técnicas, revolucionarias y carísimas, que eliminan las arrugas con láser, pero solo tienen efecto en gente blanca y rica. Dichosa yo, que tengo este cutis de "fruta exótica" como Billie Holliday y que gano el salario mínimo. De todos modos, lucir más vieja no es mi mayor preocupación. Mi espalda es la que comienza a sentirse como piedra triturada.

. . .

En cuanto mis beneficios del plan médico de la pizzería cobraron efecto hice una cita con el médico —un especialista. Tengo que tener algún tipo de rutina de ejercicios, le dije a la doctora. Parecíamos tener la misma edad. Su pelo castaño iba adquiriendo ese tono desteñido de cuando empiezan a aparecer las canas. Yo fui bailarina, sabe, le dije. Creo que eso me ayudó a fortalecer los músculos y en todo esos años no usé las muletas.

Miss Santos, me dijo mirando a mi nuevo registro para asegurarse que decía mi nombre correctamente. Hacía un pequeño gesto en que cada ceja formaba una zeta triste que parecía tatuada en la frente, tal vez por los tantos años de estudio o quizás por preocuparse tanto por pacientes como yo. Su problema no es la falta de ejercicios, dijo. Aunque eso no le hizo daño. Puso el registro sobre la mesa y se sentó junto a mí. ¿Bailarina, dijo? ¿Qué tipo de bailarina?

Flamenco, le dije con orgullo, sabiendo que el flamenco requiere pericia y es una manera de vivir, algo tan difícil de adquirir como su diploma en medicina. Dos mujeres logradas. Aunque debo admitir que en ese momento yo deseaba ser la doctora y no la paciente que estaba a punto de escuchar lo que pensaba que iba a escuchar.

¿De veras? Dijo. ¿Vas al Restaurante Olé Olé? Tienen un show flamenco los sábados por la noche. Súbitamente estábamos en un momento social.

No, le dije.

Agustín detestaba la idea de tener que bailar en un restaurante y ser empapelado musical. Rehusaba bailar mientras la gente comía y hablaba con nuestra música de fondo. Consideraba que era una falta de respeto a nuestro arte que le regalábamos. No está permitido llevar sandwiches y cerveza al teatro, ¿cierto? Eso es para que el público preste atención él decía. Para ganar dinero preferíamos teatros y auditorios y clubes nocturnos donde servían tragos, pero no comida. A veces alquilábamos el local nosotros mismos.

La doctora suspiró. Miss Santos... ¿Señorita o señora? Señorita, ya veo. No sé si se ha enterado, pero ahora sabemos que la gente que ha tenido polio cuando niño pueden tener, en algunos casos, una recaída.

Pestañee.

Es muy pronto para saber con seguridad si ese es su caso. Tenemos que hacer varias pruebas a ver que encontramos. En realidad no hay manera de saber con certeza.

No hay manera de saber excepto que durante estas últimas noches me he despertado con la pierna entumecida y al día siguiente casi no la he podido mover. Pero como Amá siempre dice, ¡Para comer hay que trabajar! Me levanto y sobrevivo un día más. Pero, quién puede saber si me quedaré paralítica como cuando tenía seis años y tuve que aprender a caminar de nuevo, excepto que ahora también me duele la otra pierna, y por primera vez en veinte años he tenido que ordenar un nuevo par de muletas.

Tres: Aquel año cuando tenía veinticinco...

Aquel año cuando tenía veinticinco no necesité las muletas para nada y casi no usaba el aparato ortopédico. La gente no notaba lo de mi pierna hasta que me veían caminar. Cuando bailaba me decía a mi misma que no se daban cuenta. Siempre bailaba sola o con Agustín y así podía bailar a mi manera. No podía ir a la par de otras mujeres, porque en grupos el propósito es lucirse y competir. Inmediatamente se hubieran dado cuenta que yo era un venado con una pezuña destrozada.

Pero a pesar de todo, era feliz. Y parecía que ese año mis jefitos habían logrado soldar lo que quedaba de su matrimonio y también eran felices. Para mi cumpleaños tiraron la casa por la ventana en Sears y me regalaron el espejo de maquillaje. Nuevecito y profesional. Nada barato, dijo mi padre. Él tenía ese hábito, un legado de la pobreza de su niñez, me imagino, de decir cuanto pagó por cada cosa, aun los regalos. Ellos hacían lo mejor que podían. Al fin podían sentirse orgullosos de sí mismos, orgullosos de la nueva casa hipotecada estilo bungalow, orgullosos de su nuevo refrigerador con hielera automática y orgullosos de sus hijos, antes de que todo comenzara a desenmadejarse como una de las mantas de estambre acrílico de Amá luego de demasiadas lavadas.

Unos años antes de que mi familia necesitara reparaciones, quizás como consuelo por los hijos tan decepcionantes, mi padre le compró a mamá un perro como regalo de aniversario de bodas. En realidad lo obtuvo de un compañero de trabajo que los estaba regalando. Era un chihuahua que se llamaba Macho. Macho todavía vive pero tiene artritis. Macho el chihuahua artrítico, el único nieto de mis padres.

En México dicen que los chihuahaus son buenos para los niños asmáticos. Un chihuahua ayuda a curar el asma, me dijo mamá una vez. Me alegro, dije yo.

No puedo decir con certeza cual fue la bomba que finalmente destruyó el matrimonio de los jefitos porque mi amá no me cuenta nada. Todo lo que sé es que un día fui a visitarlos y mi madre anunció en voz alta, sin dirigirse a nadie en particular, que Apá se había mudado a la planta baja a vivir con mi hermano. Yo había ido a comer las tortillas y frijoles caseros de Amá, y ya que estaba hambrienta y no tenía un centavo ese día no indagué más sobre el asunto porque no quería que ella me fuera a echar de la casa a mí también. Decidí que lo mejor era no preguntar.

Creo que es la representante del sindicato en el trabajo de Apá quien preocupa a Amá, me dijo mi hermano Joseph un día después de mi padre haberse mudado a la planta baja. Mi madre prefiere confiar en el hijo mayor. Él es muy conservador y por lo tanto ella cree que sus opiniones son confiables. ¿Por qué dices eso? Le pregunté a Joseph. Yo sabía por qué lo decía: porque Amá se lo había confesado. No sé, dijo encogiéndose de hombros, como no queriendo traicionar las confidencias de su madre. Siempre llega a casa hablando de esa mujer, dijo. Es vegetariana. ¿Lo sabías?

Mire a Joseph. No entiendo cómo era posible que un hombre que salió de Texas antes de ir al kindergarten pueda ser tan tejano, con su hebilla de cinturón en forma de monograma, botas vaqueras, y esa manera tan fastidiosa de alzarse los pantalones cuando habla. ¿Qué quieres decir? le pregunté. ¿Qué ser vegetariana te hace una roba-maridos?

Bueno, dijo. ¿Ella quién se cree que es?

¿Porque no come carne? pregunté con incredulidad ante el razonamiento de mi hermano. Entonces, cuatrero, vamos a lincharla.

Joseph movió la cabeza. ¿Sabes cuál es tu problema, Carmen? Necesitas un hombre.

¡Yo tengo un hombre! Le dije, la sangre subiéndome a la cabeza. ¡Tengo muchos hombres!

Ese es el problema, dijo con calma. No tienes uno que se ocupe de ti, que te diga como son las cosas y te mantenga en la raya.

Joseph es mi hermano menos favorito.

Ya que sinceramente deseo ser una buena hija, no pregunto nada. Para ser una buena hija hay que aceptar las acciones de tus padres, sin importar cuan ridículas; cuan insensitivas las críticas; cuan enloquecedoras las demandas, y cuan contradictorias las aseveraciones. Hay que hacer todo lo posible para complacer sus deseos, no importa cuan absurdos sean, y nunca cuestionarlos. Es la obligación de una buena hija proveerle un hogar a los padres si lo necesitan. Atender sus necesidades y deseos. Nunca protestar. Nunca quejarse. Come las tortillas y corre.

Cuatro: Cuando descubrí que estaba embarazada fue el momento más horrible y el...

Cuando descubrí que estaba embarazada fue el momento más horrible y el más feliz que recuerdo. También fue en el año en que tenía veinticinco. Mi madre me regañó por una semana entera antes de enviarme a vivir con el sinvergüenza que me puso en aquella condición. Pero Agustín no andaba por todo aquello. En cuanto le di la noticia se largó para España. Ahora estoy convencida que temía que le llegara la noticia a su esposa y quiso llegar antes que las malas nuevas.

Alquilé un estudio en la Avenida Wilson. Era uno de esos hoteles-casa de apartamentos con habitaciones muy baratas para gente como yo que no tenían otro sitio donde ir. Hice de aquella habitación en el séptimo piso del Hotel Hollywood, con paredes agrietadas, cucarachas y todo, mi hogar por casi una docena de años hasta que derrumbaron el edificio para construir uno reluciente, con un bien equipado gimnasio, uno de esos health clubs que requieren que te hagas socio. Claro, pienso, eso es exactamente lo que los residentes del Hotel Hollywood —los blancos pobres, Winnebagos de Wisconsin, los inmigrantes salvadoreños, los borrachos, los adictos, las putas y aquellos a un paso de la destitución— necesitan para mantenerse en forma.

Por un año entero Agustín habló de lo mucho que deseaba tener un hijo conmigo. Inmaculada, su esposa, no podía concebir, me dijo, y lo más que él quería en la vida era un hijo. Pensé que quedaría extasiado con la noticia. Así es que cuando Amá me dijo que me casara o me fuera de la casa, me fuí. Pensé que Agustín me apoyaría. Sabía que no podíamos casarnos, pero eso no me importaba.

Lo que no esperaba es que se montara en el primer vuelo que salió de Chicago. Me dio la despreciable excusa de que era un viaje de negocios, pero yo sabía la verdad.

No esperes que regrese, me dijo Rocío, la cantaora del grupo. Ella y todos los demás estaban enojados conmigo. ¿Qué vamos a hacer sin un administrador? Preguntó. Como si yo tuviera la respuesta. Como me pareció que Agustín no regresaría por voluntad propia, hice la más lógico que se me ocurrió. Fui a una palmista.

Le había pasado por el lado al anuncio pintado a mano de Hermana Ana todos los días, pero nunca me permití soltar los cinco dólares, que necesitaba para comer, para averiguar mi futuro. Pero cuando Agustín alzó el vuelo como un pato que instintivamente viaja al sur durante el invierno para la supervivencia de la especie, yo decidí pagar lo que fuera para saber algo.

Tus celos lo espantaron, me dijo la Hermana Ana. Me pidió los cinco dólares por adelantado. No te garantizo nada, ¿entiendes? No me cayó bien. Pero le di los cinco dólares.

No soy celosa, le mentí.

Bueno, entonces alguna otra persona es celosa. Mejor será que tengas cuidado. Te puede hacer daño.

Sabía que la adivinadora estaba en lo correcto porque Agustín me había dicho que le temía al poder que su esposa tenía sobre él. ¿Cómo me protegería a mi misma y a mí bebe de la maldición de Inmaculada?

Te daré una protección para que te cuelgues al cuello. Te va a costar, así es que espero puedas pagarme, dijo, evaluando mi ropa de segunda mano. No estaban en malas condiciones, yo tenía muy buen ojo para la calidad y suerte en encontrar verdaderos tesoros, pero claro que nada de lo que llevaba puesto se veía de estreno. Mientras tanto, dijo, si de veras quieres eliminar a esa mujer que te ha quitado tu hombre, tienes que devolverle su mal de ojo.

Okay, dije.

Son veinte dólares, dijo.

No tenía esa cantidad encima, pero regresé al Hotel Hollywood donde tenía mis ahorros escondidos debajo de un azulejo suelto en el baño y regresé con el dinero ese mismo día.

Me dio una bolsita de tela púrpura del ancho de un dedo gordo y medio, cosida por todos los costados para que no viera lo que tenía dentro. Amárrala a una cuerda o una cadena o cualquier otra cosa, me dijo, y cuelgátela del cuello hasta que él regrese. No te la quites ni para bañarte. Y ten cuidado, no sea que te estrangule a media noche, añadió.

¿Y cómo...? Inicié la pregunta.

¿Cómo devolverle el mal de ojo? Preguntó poniéndose de pie, lista para la próxima cliente. No te preocupes, m'hija. Yo me encargo de eso.

Mientras tanto, me inscribí en la clínica cerca de casa para hacerme un examen pre-natal. Cobraban el mínimo, pero debido a que yo en realidad no tenía una fuente de ingresos recibí todos los servicios gratis. Me dijeron que el bebé y yo estábamos bien.

A menudo iba a la tienda del Salvation Army, también en mi

barrio, y cada vez que veía algo que el bebé pudiera necesitar, lo compraba —frazadas suaves y limpias aunque algo desgastadas, un juego de plato y cucharita con dibujos de los tres cerditos. Mi hallazgo favorito fue un ejemplar de *The Little Engine That Could.* Ni a mí, ni a mis compañeros de infancia nos leyeron cuentos antes de dormir. Después de leerlo por primera vez en la tienda del Salvation Army releí el libro varias veces, La pequeña locomotora que pudo salvó a todos los niñitos.

El grupo de baile estaba sin trabajo porque Agustín se había marchado abruptamente. Mis ahorros se esfumaban rápidamente, así es que comía una sola vez al día. Dejé de comprar en el Salvation Army cositas que me alegraban. En el Hotel Hollywood le cargaban a cada habitación el costo de la electricidad, y por eso dejé de ver la televisión. Tampoco prendía la luz y usaba la linterna de emergencia que mi padre guardaba en la baúl de su coche y me había prestado un tiempo atrás. Escuchaba mi radio de transistores hasta que se le acabaron las baterías.

Odio confesarlo, pero lo único que no dejé de hacer fue beber.

¿Qué daño podía hacerme una copa de coñac en la noche que me ayudaba a dormir y a mantenerme caliente entre las delgadas sábanas y la solitaria frazada? pensaba yo. O una copa de vino que animara una cena de sopa enlatada. Pero no se trataba de solo una copa de coñac o una de vino al día. Cada vez que me visitaba alguna amiga o yo iba a visitar otro huésped del Hotel Hollywood, siempre había licor y cigarrillos para pasar el día y la noche.

Al correr de las semanas me preguntaba si la magia de la adivinadora estaría haciendo efecto.

Hasta que una noche me desperté con una sensación de humedad entre las piernas. Encendí la luz media dormida creyendo que había orinado mientras dormía. El embarazo hacía que mi cuerpo se comportara de manera extraña. Pero era sangre rojo encendido lo que me corría entre las piernas. Mi bata de dormir estaba empapada.

El teléfono de mi habitación estaba desconectado pero abajo, justo a la entrada del hotel, había un teléfono público. Rellené mis pantaletas con papel higiénico y me puse el abrigo. Bajé y llamé a la ambulancia y esperé en la banqueta hasta que llegó.

¿Quién llamó la ambulancia? Me preguntó el paramédico que saltó del vehículo cuando yo le hice señal que se detuviera como si fuera un taxi. Fui yo, dije.

¿Qué pasa? Preguntó. Otro hombre cargando un maletín médico se bajó. Abrí el abrigo.

¿Le han disparado? Pregunto el primer tipo.

No, dije. Tengo una hemorragia.

Diablos, dijo el otro. Vamos a llevarla.

Una semana después de regresar del hospital, mi vientre vacío y raspado como un melón cuidadosamente destripado, Agustín regresó. No sabes todo lo que he pasado, fueron sus primeras palabras al entrar.

¿Qué tú has pasado? dije.

Había estado en cama toda la semana. A veces si Chichi salía a comer con alguno de sus clientes, me traía las sobras de comida china o pizza. También me dejaba una cerveza o media botella de vino barato. Chichi tenía las mejores intenciones pero no podía esperar una dieta de cereales de alguien que se gana la vida en la calle.

Un día me levanté y escondí todas las cosas del bebé en el armario porque no soportaba verlas. Esa noche me levanté otra vez y las tiré por la ventana. Al próximo día todo había desaparecido, excepto una frazadita de recién nacido que se quedó colgada en la cerca, muy alta para alcanzarla desde el piso. Sólo movía y se movía en la brisa.

Aunque mi habitación era pequeña, los muebles estaban dilapidados y, a decir verdad, todo el lugar era deprimente, lo había arreglado a mi manera. Me gustaba coleccionar cositas bonitas, tesoros que encontraba principalmente en las tiendas de segunda mano y en el rastro donde me gustaba husmear en mis días libres. Figurillas de porcelana Hummel, una réplica de barro de una diosa pre-colombina con la mitad de la cabeza descascarada, un unicornio de vidrio soplado sin cuerno como el que Tennesee Williams describió en su obra de teatro. Coleccionaba platos con la imagen de antiguos presidentes, tazas de porcelana, y fuentecitas de cristal danés para bombones. Muchas estaban astilladas o no hacían pareja o eran la única en su clase y sabía que no tenían mucho valor, pero eran cosas lindas que me gustaba admirar.

Linda de ver, agradable de tocar, pero si la rompe, la tiene que comprar. A Chichi le gustaba decir. Hablaba de sí misma. Años más tarde, antes de que Chichi lograra hacerse la operación, para la que ahorró por tantos años, que la hubiera hecho totalmente una mujer, me enteré que la encontraron muerta en un pasillo. Nadie reclamó el cadáver que enviaron al necrocomio municipal.

Todavía extraño a Chichi.

Casi toda mi colección yacía en el piso, hecha añicos, cuando Agustín se apareció. Obviamente yo lo había dejado ahí para que él lo viera.

¿Qué pasó aquí? preguntó.

¿Te das cuenta?

¿Qué quieres decir? ¿De qué hablas? Cogió la escoba y comenzó a barrer como si solamente hubiera polvo, pero no recogió nada del piso. Agustín apestaba a culpabilidad pero yo sabía que no lo admitiría. Acusarlo de cualquier cosa en ese momento solo hubiera servido para provocar su indignación hipócrita.

Bueno ¿y qué te pasó? dije con calma. Como si para mí todo hubiera sido un día de campo. Yo estaba en cama con la misma bata de dormir con la que había ido al hospital, todavía sin lavar. Había un par de vasos y tazones sucios al lado de la cama. Platos en el fregadero. Agustín miró a su alrededor. Se notaba algo asustado y resentido de mi patético estado. Podría pensarse que yo actuaba el papel de una mujer abandonada en lugar de una que lo vivió.

Inmaculada estuvo muy enferma. Por eso tuve que ir, dijo. Siempre se refería a su esposa por su nombre como si yo la conociera. No te lo pude decir porque, sabes. Por eso me tuve que marchar tan rápido.

Al no responder, él continúo. Se mejoró. Pero hubo un momento en que todos pensamos que la perdíamos.

Bueno, me alegro mucho que no la perdiste, dije.

Aparté la frazada y noté que Agustín hizo una mueca cuando vio la bata de dormir manchada de sangre, pero no dijo nada. Se sentó a la mesa y me miró. Di algo, querida. Por favor, dijo.

Bienvenido.

Por supuesto que le mentía. Durante tres meses no le dirigí la palabra a Agustín. Rocío fue a verme y me convenció de regresar a la compañía de baile, no por Agustín, sino por el bien del grupo, y por el mío, ya que no tenía un centavo y tenía dos meses de retraso con el alquiler. Por lo tanto, decidí regresar.

. . .

No vi a mi familia durante todo un año después que mi madre me echó de la casa. Excepto la vez que Apá se enteró que yo vivía cerca y vino a visitarme. Era obvio que ya yo no estaba en estado pero él no me preguntó nada. Mi padre siempre tuvo dificultad en hablar de cosas personales. Me preguntó si me sentía bien y cuando le aseguré que sí, se marchó sin terminar el café que yo insistí se tomara conmigo. Demasiado fuerte, dijo. No dejó dinero, aunque yo busqué bien, hasta debajo de la servilleta, por si acaso. No me invitó a la casa. Ni a comer ni a nada. Bueno, pues estábamos preocupados por ti, eso es todo, dijo. Decir *yo estaba* hubiera sido demasiado personal para mi jefito, a pesar de que yo sabía que hablaba de su parte y que no existía ningún obstáculo para que mi madre viniera con él, nada excepto su obstinación. Tampoco había nada que obstaculizara la visita de mis hermanos o sus esposas, excepto, por supuesto, que ellos tenían sus propios problemas. En cuanto a Negrito —él *es* un problema. Mi hermano pequeño es tierno, inteligente, un buen artista, pero también te puede robar hasta la camisa. Ni qué decir que nadie en mi familia le dejaría saber donde me podía encontrar.

Nunca volví a quedar embarazada, aunque Agustín y yo seguimos de amantes una década después del incidente. Usaba preservativos. Y cuando la epidemia de SIDA comenzó a ser preocupación aun para aquellos que como yo teníamos una pareja de largo tiempo, yo obligué a Agustín a hacer lo que parecía ir en contra de su propia naturaleza, en contra todas sus creencias, algo desconocido en su repertorio filosófico (en cual me recitaba a menudo) sobre lo que significa ser un hombre. Usas condones o te vas con tu mujer, le dije. Como podrán imaginar, si es difícil lograr que la mayoría de los hombres lo usen —hombres-hombres, hombres que son hombres y por lo tanto no usan condones— fue casi imposible en el caso de Agustín, en cuyo idioma la palabra condón no existe.

Diez años más con Agustín me hicieron sentirme vieja, más vieja que él, más vieja de lo que me siento ahora. Es curioso como un hombre puede hacer sentir así a una mujer. Pero la vieja no era yo. Me sentía mal por un *amor rancio.* Peor aún, era un amor que no era mío y que nunca lo fue. Y nunca lo sería. La esposa de Agustín había ganado la batalla de las maldiciones y, a mi entender, había ganado la guerra por el amor de Agustín.

Quizás ella puede vivir con un marido que claramente le era infiel, que ni siquiera vive con ella la mitad del tiempo, pero para mí eso no basta. Tal vez le cae bien a ella, le dije a Agustín la última vez que dejé que me tocara. Pero a mi no me basta.

¿Qué te molesta, mi amor? Me llamaba "mi amor" por costumbre, sin deseo, y eso me molestaba también. De pronto todo me molestaba de Agustín, me sentía sofocada como si estuviera dentro de un ataúd sellado. Me molestan sus cigarrillos apestosos, su nariz que se iluminaba como la antorcha de la Estatua de la Libertad de tanto beber, lo exagerado de sus cuentos.

Tú. Tú me molestas, le dije. No quise decir solamente en ese momento porque trató de tocarme los senos en la oscuridad y yo le aparté. Quiero decir que su presencia en general era de pronto un gran fastidio.

Díos, al igual que odiaba pensar que mis padres todavía tenían relaciones íntimas, o las tuvieron, sospeché en ese momento los motivos de Amá de echar a papá, no solo de su cama pero también de la casa. La mano de un hombre, callosa, pegajosa, desgastada, brusca, que toca por hábito y calentura tus pechos cansados en la oscuridad.

Bien, dijo, asumiendo que mi menosprecio se me pasaría al día siguiente como un dolor de cabeza. Dio la vuelta y dos segundos más tarde roncaba como si no tuviera una pena en el mundo.

Cinco: ¿No eres Carmen la Coja?

¿No eres Carmen la Coja? Un tipo me preguntó una vez en un bar. En realidad era más que un bar, fue el primer y único restaurante sapogón en la ciudad. Servían lo que para mi paladar prejuiciado no era más que platos mexicanos falsificados. Pero era en realidad cocina sapogonesa. Durante la década de los 80 llegaron a Chicago gente del sur de la frontera, variaciones de mexicanos y puertorriqueños a los que yo estaba acostumbrada. Pero también llegaron gente de países desconocidos para mí, entre ellos Sapogonia. Solo sabía que quedaba al sur de México y que no era una isla. Agustín me dijo, Estamos invitados a una fiesta privada para celebrar la Independencia de Sapogonia. Habrá mucha comida, vinos. Será muy divertido.

¿Tendré que bailar? ¿La trampa es que tenemos que bailar? Me pregunté. Vamos, dijo Agustín. De ser así ¿no crees que te lo diría?

Por primera vez fue totalmente sincero sobre salir juntos para simplemente pasar un buen rato, y entre el barato vino rosa espumante que nuestro anfitrión servía por la casa y los platos de cerdo asado con vegetales importados que circulaban, todos —sapogonés o no— nos sentíamos sumamente satisfechos. Una fiesta romana de refugiados políticos. No todos los que estaban allí eran sapogoneses, pero como dije, toda clase de hispanohablantes que ahora residen en Chicago. Los cubanos nostálgicos cantaron "Guantanamera" y los solitarios mexicanos cantaron "Cielito lindo" y los colombianos cantaron viejas cumbias y luego los peruanos entonaron un popurrí de polkas y los argentinos cerraron con broche de oro con un tango tras de otro. Casi justo en ese momento alguien con una guitarra en mano se inclinó y me susurró al oído: ¿No eres Carmen la Coja? Yo le sonreí. Soy Máximo Madrigal, dijo devolviéndome la sonrisa y besándome la mano. Llevaba pantalones de gaucho pero no era gaucho. Tremenda vestimenta para lucir fuera de las pampas, pero me dio la impresión que era un tipo que siempre se salía con las suyas. Yo no me quedaba atrás con mi falda larga de volantes y un leotardo de escote bajo. En realidad yo no tenía ropa de salir, así es que me había puesto mi traje de baile.

¿Cómo lo sabe? Le pregunte en español sin sonrojarme ante su mirada penetrante. Tantos años con Agustín, sumergida en las costumbres calorrás, me habían borrado todos los sonrojos.

Eres famosa por toda la ciudad, dijo Max, sonriendo y señalando la guitarra que tocaría para mí si me dignaba a bailar. No me puedes hacer el desprecio, dijo. Es el aniversario de mi patria. Ándele, dijo Agustín desde el bar. Tenía oídos de venado y podía oir todo lo que me dijeran al otro lado del ruidoso salón. Me di cuenta que Máximo no le caía nada bien. Tanto tiempo juntos y Agustín se moría de celos si alguien me miraba dos veces. Me puse de pie.

Máximo me siguió con su guitarra y Agustín siguió a Max. La gente se apartó al verme dispuesta a bailar. Algunos comenzaron a aplaudir y otros a chiflar. A pesar del largo tiempo que llevaba bailando, no fue hasta esa noche que supe lo famosa que era en la ciudad. Alguien le quitó el mantel a una mesa y la colocó en el centro del salón. Dos hombres me levantaron con tanta gracia que parecía que lo habíamos ensayado todo el día. Max comenzó a tocar por alegrías cuando oí que Agustín dijo, Así no va. Toca lo que quieras, le dije a Máximo y comencé a chasquear los dedos llevando el ritmo, alzando las manos para bailar. El secreto de mi estilo flamenco cojo era tomarme mi tiempo. Di unos pasos observando a Max. Me pareció buen mozo y encantador aunque algo declasé en su camisa Robin Hood y botas de charol. A pesar de que en ese momento seguía enamorada de Agustín, escuchando con atención se podía oír el desgarre, como la costura de unos pantalones muy ajustados al sentarse, de nuestra separación. Agustín miró a su alrededor para comprobar si alguien más lo había escuchado y dio un paso atrás. Max se rió y le pasó la guitarra a Agustín al momento que alguien gritó, ¡Rumba!

Otro dijo, ¡Tango! ¡A bailar merengue! gritó desde atrás un dominicano tan pasado en copas que parecía que no se podía poner en pie. Me hizo reír tanto que me quité el mantón de flores y se lo puse, como una red, alrededor de los hombros a Max. ¡Sí! ¡Baila conmigo! le dije. Max me bajó de la mesa. Gracias a Dios que no me había puesto el aparato ortopédico esa noche y mis tacones tocaron el piso suavemente con un paso un-dos porque tengo una pierna más corta que la otra.

Creo que no se bailar el tango… le dije a Max al oído. Me apretaba tan fuerte que sentí mis senos deshojarse como capullos contra su pecho. Sí sabes, me dijo. Vamos a dar una demostración. En ese momento alguien comenzó a cantar "El día que me quieras", el tango más inolvidable que jamás haya escuchado. Max apoyó su mano con firmeza en mi espalda, me miró directo a los ojos y dijo *Sígueme*. Y nos deslizamos como Al Pacino en aquella película. Es más, cuando la vi años más tarde recordé como yo, que no era ciega (como si se necesitaran ojos para bailar) pero con una pata dislocada y voluntariosa, bailé el tango por primera vez en mi vida aquella noche. Max y yo no sólo tangueamos por todo el salón si no que la gente nos abrió paso hasta la puerta que alguien abrió como una broma, mientras Max me llevaba, con las mejillas pegadas. ¡Y puf! Nos desaparecimos como un acto de magia de Houdini.

Seis: Finalmente nos conocimos.

Finalmente nos conocimos. Manolo y yo. Agustín nos presentó oficialmente en un ensayo el martes siguiente a nuestro encuentro relámpago. Agustín no dijo, como solía hacerlo, Esta es mi mujer, simplemente dijo, Ella es Carmen. Manolo y su padre me miraron como una vaca premiada en la feria del condado, sonriendo sin decir palabra. Manolo se comportaba como si nunca nos hubiéramos visto antes.

Te perdiste una presentación tremenda, me dijo Agustín.

Quizás, dije. Manolo se sonrió y sacudiéndose una pelusilla de la solapa, cambió la mirada.

¿Quizás? Preguntó Agustín que obviamente no estaba al tanto de mi broma, pero inmediatamente se puso en estado de alerta porque, Agustín siendo Agustín, era capaz de detectar el engaño al doblar de la esquina. Gitano traicionado y traicionero. Puede ser un estereotipo injusto de los rom, como dijera Agustín tantas veces, pero los gitanos, traicionados tantas veces por tanta gente, parecen haber desarrollado un gene-alarma en su sistema inmunológico.

Por mi parte, no estoy segura de por qué me fue tan fácil la duplicidad esa tarde. Todavía sentía en mis dientes el beso que aquel canalla me dio el sábado y me los froté discretamente para que Agustín no me lo notara como si fueran manchas de nicotina. Sin embargo, cuando el amor es nuevo parece ser que entregar la conciencia es la norma.

Te parece que entregas el alma, pero no, es la conciencia.

Así fue que los tres, virtuosos amantes del amor y la vida (aunque no siempre nos queríamos bien), comenzamos nuestra siempre espléndida trenza de engaño y deseo. Cada uno tomando su turno lentamente, con mucha fineza hasta que llegamos al inevitable final yermo dentro de un ay-que-corto tiempo después.

¡Mi compai bailó como nunca de su vida! añadió Agustín hablando del viejo mientras miraba a Manolo, escudriñándolo en busca de una señal, de qué no sabía en ese momento.

Lo siento, me excusé con el compai. No te preocupes, dijo él. Habrá más presentaciones. El padre de Manolo, a quién él llamaba bato en caló, se estaba muriendo de cáncer del estómago. Recibía tratamientos de quimioterapia y para ocultar su calvicie usaba un sombrerito tipo Bing Crosby en Palm Springs. A la mayoría de la gente no le gusta hablar de la muerte, pero los rom lo detestan. Hablar de la muerte es un tabú. De solo pronunciar la palabra te pueden echar de la tribu. Así es que nadie hablaba de la enfermedad del bato.

Manolo, en su acostumbrado traje de luto de bailarín flamenco, llevaba botas de gamuza con tacón de bailador. Su pelo estaba impecablemente moldeado, una cascada abrillantinada de rizos apretados, corto encima de la cabeza y en las orejas, y largo atrás.

Se veía tan bueno que me picaron los brazos.

Todos estábamos demasiado conscientes de Manolo para nuestro bien. Era un arbusto de jazmines en flor, emborrachándonos con su aroma. Como siempre que coqueteaba, Rocío comenzó a juguetear con su pelo. Courtney, sintiéndose ignorada estaba enfurruñada en una esquina, desde donde nos echaba miradas furtivas.

Me serví un trago.

Me di cuenta que Agustín disfrutaba el efecto narcótico que Manolo tenía en los demás. Parecíamos unas señoras del club de canasta sorprendidas en el acto de beber el jerez de cocinar. Borracha de lujuria como me sentía, no me importó demasiado que fuera tan obvio para mi viejo amante el efecto que Manolo ejercía sobre mi. Manolo rompió la tensión volviéndose hacia Agustín y preguntándole, Hombre, ¿se puede bailar con ella?

Lo miré. Manolo tenía la cabeza ladeada en mi dirección. Todos, incluso yo, miramos a Agustín. Manolo había hecho la pregunta en español, que sonaba modesta y atrevida a la vez, una pregunta tan indirecta que se sabía que había pedido algo prohibido.

Al igual que Moctezuma al confrontar al hombre que él sabía no era un dios, sino un rival que se creía los rumores de su propia omnipotencia, Agustín miró a Manolo como si supiera que a Manolo nada lo detendría. Agustín encendió un cigarrillo, miró a su alrededor y por fin dijo, ¿Por qué no bailas con la Courtney?

La Courtney se puso de pie, pero Manolo no se dirigió hacia ella. Los presentes se sintieron algo incómodos por el descuido con que Manolo había rechazado la oferta de Agustín. Y eso nunca se le hacía a Agustín. El hombre estaba perdiendo la chaveta. Sonaron sirenas alertando a perros y disidentes. ¡El rey ha muerto! resonaban.

Abochornada por el rechazo de Manolo, Courtney se tiró los flecos de su mantón sobre los hombros y salió. Minutos más tarde, sus pisadas se desvanecieron, como cierto toque de cajón, escaleras abajo.

Mis pisadas nunca suenan así, pensé.

Todos somos compulsivos sobre alguna dichosa nimiedad. La mía era el eco desigual de mis pisadas.

El silencio que siguió nos atravesó a todos. Sentí que se me enfriaban las manos como si la temperatura de la habitación hubiese bajado súbitamente. Todos queríamos a Agustín, cada uno de nosotros tenía una deuda con él por alguna razón, pero él tenía metido en la cabeza tal Ave César sobre sí mismo, que a los ciudadanos no le quedaba más remedio que rezar por su derrocamiento.

José, su amigo fiel que obviamente sentía más compasión por Agustín que ninguna de sus mujeres, comenzó a tocar una seguiri ya para derretir el hielo. Me volví hacia la guitarra y, sonriendo, empecé a batir palmas. Como el toque de José y el cante de Rocío, quien tomaba sorbitos de coñac entre verso y verso, Manolo se deslizó lentamente hacia la danza con pasos definitivos y resbaladizos a lo largo y ancho de la pista, gradualmente cobrando calor de los versos y del gemido de la guitarra. Luego, no sé en que momento, pero como una chispa que cae en un bosque reseco y sediento de lluvia, José, Rocío y Manolo se inflamaron en un fuego forestal de sonido y movimiento. Nuestros irises dilatados quedaron soldados a Manolo, un ciclón al rojo blanco.

Al principio yo estaba sentada dando palmas pero luego, como si Manolo me hubiera hipnotizado, me puse de pie y comencé a deslizarme hacia él, con los brazos en alto sobre la cabeza. Me olvidaba que no podía moverme como él, pero no nos importaba, ni a mi ni a él. Nuestras miradas quedaron trabadas y lo que sus ojos me decían que hiciera, yo hacía. En el trasfondo oía la guitarra y los *olés* medio descorazonados de Agustín y el hermoso cante de Rocío y los pitos del bato, pero todo quedaba muy lejos. Solo existíamos Manolo y yo en algún lugar. Quizás estoy bailando sobre arena, pensé, y por eso es que arrastro los pies, con más esfuerzo que nunca. Pero aun así lo seguí, aun así me llevó hasta la orilla y me tomó en sus brazos por primera vez, brazos delgados y firmes como lianas. Porque no era mucho más alto que yo, nuestras miradas se entrelazaban al mismo nivel y logró hacerme girar porque yo no tenía los pies en la tierra. No se como fue que se convirtió en Baryshnikov súbitamente. Y aterricé en mis pies, el bueno y el malo, sin hacer el más mínimo ruido, como el caer de una pluma, y por un momento pensé que me besaría allí mismo, pero no lo hizo. ¡Olé! gritó su bato, y Manolo sonrió por primera vez y yo también sonreí sin mirar a nadie, ni a Agustín. Especialmente sin mirar a Agustín.

. . .

Para una mujer saber si es verdaderamente amada, ella debe trazar una raya en el suelo la cual a su amante jamás le está permitido cruzar. La raya no es siempre igual, eso depende del amante. Con Agustín la raya fue mi preñez. No supe que esa era la raya hasta un tiempo después. Yo no sabía lo de la raya hasta ese entonces. Pero cuando se pasó de la raya y no pudo regresar, lo supe. Nada de tarjetas de residencia, ni tarifas, solo un boleto de ida.

Con Manolillo, la personificación en escena de un torbellino de fuego, esa raya era nuestro baile. Siempre entendió que no podía fallarme, que no podía dejarme caer, que no podía dárselas conmigo. Quizás era su verdadera gracia, ser tan buen artista y nunca lucirse. Tenía que ser así, no por lo de mi cojera o mi edad y lentitud comparadas con su vitalidad y juventud, no porque él era el mejor bailarín de flamenco sobre la tierra. Por lo menos en mi opinión. Yo tenía otras cualidades, finos movimientos corporales, manos gráciles. Tocaba un poco las castañuelas pero no mucho por el dolor en las muñecas. Lo mío eran las manos. Eran mi fuerza. Pero, claro, los pies casi no podía moverlos.

Pero yo tenía otra cosa. Tenía lo que los españoles llaman duende. El duende es algo con lo que se nace, como el alma de los blues. Algo que no se puede comprar. Ni aprender. Manolo sabía que yo no bailaría con una pata maltrecha si no fuera porque para mí también el baile era mi vida. Me di cuenta que tenías duende la noche que nos conocimos, me dijo Manolo. Inmediatamente supe que eras tú, ¡la famosa Carmen la Coja!

Durante el año en que bailamos juntos el nunca traspasó la raya de bailaor. Pero a veces me pregunto sobre otras líneas que pude haber trazado. Quizás Manolo no se hubiera escurrido tan sigilosamente como un mantón de seda sobre unos hombros desnudos. Otras veces me pregunto si Manolo y yo estábamos destinados a ser solamente una pareja de baile. Entre líneas.

Capítulo 4

Uno: ¿Qué te parece mi recorte?

¿Qué te parece mi recorte? Mi madre me preguntó esa noche al yo llegar de mi trabajo gaché en O'Hare. Mi adolorida pierna me tiene todo el día tomando fuertes calmantes. Eso quiere decir que ahora me muevo más lentamente que de costumbre. Soy una terca no queriendo usar las muletas en el trabajo. Cojeo de un lado a otro del mostrador como una universitaria con la pierna enyesada a causa de un accidente de esquíes. Pero en el camino necesito las muletas. Hace sólo unos meses podía dar enérgicas caminatas durante el verano, pero ahora es difícil caminar hasta la parada del camión por mi cuenta.

Cuando era niña mi amá me compraba ropa de huerfanita en la tienda de segunda mano, los extraños usualmente se ofrecían a ayudar a la pobre niña con la pierna enjaulada en el aparato ortopédico. Me ayudaban a subir al camión y me cedían el asiento. En una ocasión una viejita muy amable me dio un dólar. En otra ocasión, un viejo verde obviamente confundió mi invalidez con estupidez hasta que le di un muletazo en el pie. Pero ahora, en la madurez, mi apariencia de huerfanita extraviada provoca poca piedad en las calles de Norteamérica, donde solo soy otro ser desafortunado.

De todas maneras, no me gusta atraer la atención de los extraños, especialmente la atención piadosa.

Como bailarina, aunque maltrecha, me encantaba la adoración que *mi* público me ofrecía a pesar de mi enfermedad. A veces me preocupaba y pensaba si sería por piedad. Pero Manolo me decía que no. Que era por mi baile y tan solo por mi baile. Manolo tenía una manera de adularme sin hacerme sentir que era adulación, sino la pura verdad. Un buen amante sabe ver cosas en uno que uno no sabía que existían. Y cuando hay defectos en sí mismo que uno no quiere ver, un buen amante tampoco lo ve.

¿Cómo luce? Amá me preguntó de nuevo acerca de su pelo. Ella nunca ha usado maquillaje, pero me obliga a teñirle el pelo de negro cada seis semanas. Este nuevo pelado hace a mi pequeña madre lucir como un jinete de carreras azteca.

Luce bien, le digo. Pongo las muletas a un lado y me quito las botas.

Fui a la barbería donde va tu padre, dijo dándose una palmadita en la nuca recién rasurada. ¿Para qué pagar más? Uno paga un dineral en el salón de belleza y nunca le hacen lo que uno pide.

Se va a la cocina satisfecha con la oferta del día. Todavía estoy tratando de quitarme las botas cuando escucho a Amá decir, tu también deberías hacerte algo en ese pelo, Carmen, el barbero solo cobra ocho pesos. Mi madre siempre dice pesos cuando se refiere a dólares.

No me he recortado el pelo, realmente recortado, desde la secundaria. Yo misma me recorto las horquetillas. "Si te quise fue por tu pelo" dice en mi pintura preferida de Frida Kahlo. Ella se cortó el pelo para vengarse de su marido mujeriego ojos de sapo y pintó un auto-retrato que la inmortalizó. "Ahora que estás pelona ya no te quiero".

Ya sabes lo que pienso de una gitana que se corta el pelo. Agustín me llamaba gitana cada vez que yo me quejaba de mi pelo largo, sobre todo en verano. La gente piensa que no hace calor en Chicago, pero se equivocan.

No soy gitana, le decía.

Pues sí que lo eres.

No me podía concentrar con tu melena negra, me dijo Manolo una tarde después de los ensayos. Ni yo con la tuya, le dije.

Agustín. Manolo. Pelo o no pelo.

Quizás sea del estrés, pero creo que se me está cayendo el cabello. Por donde quiera había largas y negras mechas de pelos de Carmen. El otro día Macho vomitó una bola de pelo. No era de su pelo como las de los gatos, era de mi pelo. A Macho le dio por buscar en la basura cosas que masticar. Allí era que encontraba mi mechones. Le quité esa costumbre poniendo jalapeños envueltos en servilletas de papel y rociando el cesto de la basura con salsa picante. Amá pensó que no funcionaría, pero así fue. Inmediatamente.

Cuando Amá se acuesta a dormir Macho hace guardia frente a la puerta del dormitorio. ¿Qué te pasa Macho? le digo al artrítico chihuahua, tratando de disimular el asco que me dan sus dientes podridos cada vez que trato de darle vueltas a mi madre. Si tu dueña se muere porque no dejas pasar a nadie será tu culpa, le murmuraba en español pues Macho no entiende inglés. ¡*Perromacho!* le decía, las dos palabras arrastrándose juntas por algún motivo.

Amá me dejó un plato con la cena sobre la estufa. Con una cucharadita de crema agria son divinos y agradezco a los cielos las pequeñas cosas que han hecho mi vida especial: Los taquitos de Amá son, sin duda, una de ellas. Mi música —el cante jondo. Manolo y yo, por supuesto. Ah, y mis recuerdos de Agustín, lo bueno, lo no tan bueno y lo suficientemente triste como para desterrarlo del pensamiento. Pero no lo haré. Porque son míos. Cuando hacemos cuentas, los recuerdos son las únicas cosas que realmente poseemos.

Dos: A algunos hombres ni siquiera les gusta hacerlo…

A algunos hombres ni siquiera les gusta hacerlo y Agustín era uno de ellos, a no ser excepto cuando estaba muy borracho y como nada más le funcionaba no le quedaba otro remedio, y entonces no lo podía sacar ni a respirar. Por lo general yo también estaba bastante borracha. Así es que finalmente los dos nos quedábamos dormidos. Por un tiempo pensé que hay lugares donde los hombres no deben meterse.

Nunca pensé que existieran hombres que no roncaban aunque hubiesen estado bebiendo, hasta que Manolillo se me quedó dormido esa noche en que los dos habíamos estado bebiendo y finalmente yo había tenido el atrevimiento de traerlo al Hotel Hollywood o Manolo se había atrevido a invitarse a venir.

Fue la primera ocasión en que estuvimos solos o más bien

solos sin Agustín, quien esa noche había hecho uno de sus actos de desaparición. Ya vuelvo dijo, mientras nosotros seguíamos bebiendo en el club donde actuábamos. Está bien dijimos todos sin molestarnos en levantar la vista. Pero al cabo de un rato sin Agustín, nos dimos cuenta que había desaparecido. El resto del grupo despachó varias botellas de vino y después otras más y entonces el papá de Manolo se sintió cansado y alguien le ofreció llevarle a casa, pues era una noche fría. De uno en uno, de dos en dos, se fueron todos marchando hasta quedarnos solos Manolo y yo.

¿Qué pasa, Manolillo? le dije con la lengua enredada, no demasiado enredada como para sonar borracha pero lo suficiente para sonar sexy. Al menos eso esperaba. ¿Qué pasó? ¿No tienes cita esta noche? le pregunté. Usualmente tenía alguna mujer esperándole tras bastidores. Ella se sentaba en la barra, regia como una heredera forzosa, hasta que él terminaba sus asuntos. Se sabía quien era la escogida de la noche porque al llegar la besaba igual que me besó a mi la primera noche en la fiesta, con un beso de hola-adiós-y-todo-lo-que-se-puede-prometer-entremedio. Sola, sentada en la barra, ella bebía a sorbitos un vaso de vino que le duraba toda la noche, hasta que finalmente él se le acercaba. ¿Estás lista? le preguntaba con la mirada, como si ella no hubiese demostrado que había estado lista por horas. Ella asintiría con un gesto, y él le ayudaría a ponerse el abrigo y saldrían del brazo, dejando una ventolera detrás. Cada vez que veía a Manolo era con alguien diferente.

En vez de la acostumbrada sonrisa burlona a este tipo de broma, sonrió y miró fijamente a su vaso vacío como un adivinador buscando un presagio. Fue en aquel momento que supe lo que pensaba. Pensaba, pero nunca decía frente a su bato, quien me veía como la mujer de Agustín y, en última instancia, no como materia matrimonial para su hijo. Yo era extranjera y demasiado vieja para gentes que casan a sus hijas casi en la pubertad. No importa en que país o en que siglo, ellos no se casan con extranjeros sin ser condenados al ostracismo. Desde Croacia a Italia, de Granada a Nueva York, de la India a Arizona, los gitanos estaban unidos por los eslabones de hierro de la lealtad.

Nuestro baile no era un ejemplo folclórico de antiguas costumbres campesinas. Era un vistazo por una ventanita al costo de unas cuantas monedas de oro. Me permitían entrar a ese mundo gracias a Agustín, que me presentaba como una gitana diluida a un público que él creía no podía aceptar lo auténtico. Lo verdadero no es solo demasiado fuerte pero demasiado de todo. Y él no creía que los gringos alimentados por Hollywood querían algo tan auténtico. Yo nunca fui ni nunca sería una de ellos. Manolo no había demostrado sus sentimientos por mi delante de Agustín por razones obvias. El porqué él escogió esa noche para hacerlo, aun no lo se. Hay veces que uno simplemente se rinde al destino y ya era el momento.

¿Dónde vives, Carmen? Manolo me preguntó con una rápida mirada desde la penumbra de sus largas pestañas. Por el vino y por la mirada que me echó me turbé y me tomó un segundo recordar donde vivía. Carraspeando contesté, ah sí, en el Hotel Hollywood en la Avenida Wilson. Si crees que puedes recordar la dirección, ¿te gustaría que te lleve a casa? preguntó con una risita. Yo también me reí pero de mi garganta no salió sonido alguno.

Caminamos por las desiertas calles del Chicago de madrugada, la nieve caía y refulgía como azúcar sobre la fea aspereza del asfalto, como si estuviésemos en una vieja película en blanco y negro. Cuando resbalé y casi me caigo Manolo me tomó de la mano firmemente y ya no me volvió a soltar.

Cuando llegamos a mi cuarto me tuvo que ayudar con la llave.

Me reí con cierto nerviosismo pero disimulé pues cuando le vi metiendo la llave en la cerradura noté que él también estaba nervioso. Debería de ser más fácil entre dos profesionales, pensé. Él debió haberme tomado en sus brazos como pareció que haría por la primera vez que nos vimos, como lo había hecho un par de veces después de una buena actuación. Él me daba vueltas y entonces el público aplaudía más fuerte y me besaba como besan los bailarines a sus parejas, rápidamente y con los labios cerrados y sonriendo tan exageradamente que parecía que el rostro se nos partiría. En lugar de eso, cuando entramos él se sentó en mi cama con el abrigo puesto como un tímido estudiante. Un deprimido y tímido estudiante. Entonces supe que él estaba enamorado.

¡Quítate el abrigo! le dije, consciente de que mi lengua enredada ahora sonaba menos sensual y más libidinosa. El pensamiento me hizo sentir consciente de mi misma y muy cansada tan cerca de esas pestañas y esa boca enfurruñada y todo lo que se me ocurría pensar era, que error, que error. Fui al estante a buscar dos vasos. Maté dos cucarachas que trataban de escaparse, y decidí hacer un café expreso en la hornillita eléctrica en vez de seguir bebiendo. ¿Qué haces? me preguntó. No sé, le dije. Es demasiado tarde para tomar café, dijo él. Lo sé, le dije, pero creo que estoy borracha y tú también. No yo no, dijo él. Sí, sí lo estás dije sintiéndome mal y mareada. Ven aquí, dijo. Ven aquí. Te voy a enseñar lo borracho que no estoy.

Para cuando había apagado las luces y llegado a la cama ya Manolo se había quitado el abrigo. Me atrajo hacia si entre sus piernas, yo todavía de pie frente a él, bajó mi cara hacia la suya y me besó. De pronto con un rápido movimiento mi ropa interior salió volando y mi falda salió por sobre mi cabeza y me abrió delante de sí como un bufete de almuerzo de domingo. Una posición que, debo añadir, no me desagrada, aunque mis experiencias anteriores no siempre me dieron los resultados deseados. Enredé mis piernas alrededor del cuello de Manolo y lo dejé que se zambullera.

Durante todos los años que había estado con Agustín había llegado a la conclusión que a los gitanos no les gustaba realizar este acto porque temían que las mujeres les echaran alguna brujería que les haría salir aullando como lobos en las tinieblas, un embrujo que les haría que se les cayera ya-saben-qué la próxima vez que hicieran el amor con otra mujer, un embrujo diabólico para toda la vida. A pesar de esto, como les dije, cuando se emborrachaba lo hacía como un gran favor.

Pero Manolo no lo hizo como un favor. Lo hizo como si buceara en la profundidad del mar y supiese exactamente donde se encontraba el tesoro, pequeño y precioso y que nos pertenecía a los dos, pero más a mi, pensaba yo cuando de repente sentí un manantial que nunca había sentido, que nunca creí que podía brotar así de una mujer. Pensé que el cerebro había explotado dentro de mi cabeza y al mismo tiempo salido disparado por la ventana y caído sobre el anuncio lumínico del Hotel Hollywood. Entonces Manolo se incorporó sobre mí con su voz submarina repitiendo mi nombre en mi oído, en el húmedo rincón entre mi cuello y mi hombro, sobre el ramillete de mis cabellos desparramados en la almohada, una y otra vez no como un cántico, ni dulce, ni hipnotizante, ni místico, pero terrible y bajo, terrible y bajo como sería todo entre nosotros. Pero esa primera noche le di la bienvenida a nuestro húmedo origen como una ternera en un establo nacida antes del amanecer. Era todo nuestro para hacer con él lo que se nos antojase, mantenerlo o sacrificarlo por una mejor causa. Por largo tiempo después que Manolo se quedó dormido, yo yací despierta, recuperando mi alma poco a poco, con la cabeza recostada sobre el sedoso pecho de Manolo.

Cuando desperté al día siguiente, ya se había marchado.

Miré alrededor de la habitación como si fuera posible que estuviera escondido en algún rincón de mi pequeño estudio. No me dejó ninguna nota, los calorrós no gustan de escribir notas.

Más tarde me llamó.

¿Por qué te fuiste? le pregunté. La duda me consumía, pero no se lo dije. No duermo bien si no es en mi cama, ¿sabes? Y se rió. Manolillo el gato callejero. No estaba segura de si tenía cama propia o no en algún lugar. Era una buena respuesta pero no era la verdad. La verdad en el caso de mis amantes siendo siempre una cuestión de opinión.

Tres: Amar a Manolo-Manolillo era como meter las dos manos . . .

Amar a Manolo-Manolillo era como meter las dos manos en la oscuridad esperando aprisionar algo más que el aire misterioso, pero también que lo que fuese no te mordiese. Mi Manolillo era oscuro hasta en invierno, su piel dulce y sabrosa como el chocolate mexicano que te hace la boca agua de solo olerlo hirviendo a fuego lento y esperándote en la estufa para comértelo con tu pastel de cumpleaños. Manolo era un pastel de cumpleaños con 20 velas encendidas cuando nos conocimos, un pastel aun sin terminar. Y yo la niña cumpleañera sorprendida en la oscuridad.

El papá de Manolo era un violinista yugoslavo. Su madre era bailarina. Ella nació en México, me dijo él, pero su familia vino de España. Manolo vino al mundo en Nueva York donde sus padres se conocieron en una acampada de gitanos por el día de Santa Agnes. ¿Eres español o mexicano? le pregunté una noche mirándole a los ojos como si hubiese un punto fijo en ellos. Ojos oscuros color avellana tostada casi negros. ¿Eran sus ojos avellanados serbos o sevillanos? A fin de cuentas, tal vez Manolo no era otra cosa que un chico americano con grandes ambiciones. Excepto que tenía un ligero sabor a cabrito.

No te entiendo, finalmente le dije mirándole directamente. Lo miraba y lo miraba pero no lo podía descifrar. Lo único que sé es que bailo, Manolo dijo encogiéndose de hombros. A diferencia de Agustín quien tenía respuestas para todo, incluso las inventadas al momento, Manolo a veces evitaba las preguntas difíciles. Las pequeñas siempre.

Él me mostró los cinco dedos de la mano en la penumbra de mi habitación, acostados juntos esa noche. Tengo cinco pasaportes, me dijo. No me preguntes dónde los conseguí. Le di un empujoncito contra el hombro. Cayó hacia atrás y se volvió a enderezar y dijo, Así es cómo voy por ahí. Y a dondequiera que vaya, allí llego. Pero nada de eso define quién soy.

Yo pensaba que Manolo era calorró de pura cepa. El gitano pertenece al mundo entero aunque el mundo entero niega al gitano, decía Agustín acerca de la diáspora Romaní. Y Manolillo se sentía rechazado dondequiera que fuere y a dondequiera que fuera era rechazado.

A excepción mía. Yo lo quería, ese chico bizantino de chasqueantes dedos.

Mi musulmán-cristiano-judío santo de deseos sacrílegos, indo-paquistaní con al menos una gota de sangre otomí-americana corriéndole por sus pulsantes venas.

Mi gacela gitana de ojos soñadores a quien yo hubiese soñado, si fuera capaz de soñar. Yo— lo quería completo.

La primera vez que él me vio desnuda fue la primera vez que le dije que lo amaba. Nunca planeé decirle que lo amaba. Muchas mujeres lo habían amado y se lo habian dicho y muchas más lo amarían y se lo dirían. Era suficiente que yo lo amaba a mi manera sin decírselo. Pero una vez que la madrugada extendió sus dedos sobre la cama, sábanas en el piso, mi deshilachada bata de noche colgada en un poste de la cama como bandera blanca de capitulación, antes de yo abrir mis ojos el abrió los suyos y no tuve la oportunidad de cubrir mi larga y maltrecha pierna, el pie encorvado como mano de limosnero. Él susurró, medio dormido, con los ojos entrecerrados, *Bella.* Mi bella durmiente.

Se inclinó sobre mí y empezó a hacerme cosquillas desde el cuello hasta los pies, y sin pensarlo solo sintiendolo le dije, Te quiero Manolo, te quiero, a manera de capitulación. *Te quiero* significa te quiero/me gustas mucho/pero no exactamente te amo, pero él me miró a los ojos y sin darme cuenta que iba a decirlo lo dije, te amo, que significa exclusivamente te amo, porque así era.

. . .

Entre mi gente, Manolo decía otra noche de desnudez de cuerpo y almas, todo el mundo venía a verme. Cuando Manolo y yo salíamos o estábamos con otros no nos decíamos mucho. Pero solos, hablábamos todo el tiempo. Cuando tenía 14 años ya era una estrella, decía Manolo, una estrella que brilla pero que está en otra galaxia que desde aquí de la tierra no se ve. Para nosotros, a los 14 años ya eres un hombre. Listo para empezar una familia. Lo único que siempre quise hacer era bailar. ¿Sabes que fui invitado a bailar a Hong Kong por el descendiente de un monarca? Manolo sonrió. Manolo tenía una bellísima sonrisa, pero no una bella risa. Su risa sonaba como una amenaza.

Manolo me contó su historia china. A causa del comunismo la familia real se vio obligada a trabajar en los arrozales, pero habían heredado los gustos aristocráticos. Escondieron sus tesoros en una cueva en lo alto de una montaña. Él me regaló un pendiente de marfil, dijo Manolo formando un círculo con el pulgar y el índice. Tallado con un enorme oso feroz, el emblema de la familia. Era magnífico, pero se lo regalé…a una chica que tenía los ojos como dos rayas y la piel como ese papel que usas para trazar. Era tan bella, pero tan pobre. Ella me lo pidió y yo me sentí como un rey de poder regalarle algo tan valioso. Más tarde me arrepentí, especialmente ahora que te lo hubiese podido ofrecer a ti.

Magnífico pendiente perdido en una muchacha del arrozal. Yo creía todos los cuentos de Manolo, de la magnificencia de sus bailes porque para mí Manolo era magnífico. Puede decirse eso de un bailarín, llamarlo magnífico si él de verdad lo es sin parecer una loca. Loca de amor. Antes de aprender a andar ya bailaba, decía él. Todo le había sido dado en algún momento y perdido todo, para después recuperarlo de nuevo de otras formas y maneras.

Mi Manolillo mi premio. Era el brillante que brillaba en el meñique del padre, lo único que tenía valor después de la muerte de la madre de Manolo una noche en un accidente de coche. No fue en China, pero sí en alguna otra carretera lejana. Quizás si yo no le hubiese malcriado tanto Manolo hubiese sido más trabajador, le contó el bato a Agustín. ¿Qué se cree? Manolo me decía a mi pero no a su padre. Jamás a su padre. ¿Qué el baile no es trabajo? ¡A los siete años mi familia entera se sostenía con mi baile! ¡Nunca supe lo que fue jugar ni tener amiguitos de mi edad!

Cada vez que Manolo venía a verme al Hotel Hollywood me traía un regalito. Que guasa que tienen algunos amantes de aparecerse con las manos vacías a ver a su amada. Como si el tú-sabes-qué que traen colgando fuese suficiente, es algo que no puedo entender. *Guasa* quiere decir ACTITUD, y si alguna vez usted ha visto a un gitano engalanado para la noche, entonces, ya entiende el significado de "guasa". Lo suficiente como para hacer palidecer a un Latin lover. Casi.

Una vez Manolillo me trajo unos cajuiles atados con una cinta roja y aunque no soy muy amante de las semillas, después de esa ocasión no puedo comerme un cajuil sin pensar en él.

En otra visita me trajo algo muy curioso para mis terrestres ojos. Es un erizo, me dijo. ¡Ten cuidado! exclamó pero cuando lo tomé el frágil caracol con las dos manos se partió a la mitad. Cuando volví a unirlo vi que tenía como una flor en el centro. Algo vivió en él. Creo yo. Aun está en mi tocador pegado con Super Glu. Yo mismo lo encontré buceando en Islas Canarias, dijo Manolo. Yo pensaba que los gitanos no nadaban, le dije. ¿Por qué dices eso? me preguntó con su risa seca. Ah, ¿por Agustín? Agustín le teme al agua. Manolo actuaba como si fuese yo la tonta y no Agustín.

Hasta hacía poco Agustín representaba a los gitanos para mi. Si él no bebía cerveza, era porque ningún gitano bebía cerveza. Si él se mantenía lejos del agua profunda, era porque era un miedo gitano. Así fue que supe que cada cultura tiene dos lados. Si usted piensa que una costumbre es cosa típica de una raza o cultura lo opuesto también es verdad. En ese momento me di cuenta que mis dos amantes eran las caras opuestas de una moneda. Y esto me hizo feliz.

Porque su fetiche era la música, Manolo trajo cientos de casettes, música de los muchos lugares que había visitado, música para bailar —de Argelia y Tánger, Marruecos y México— música para hacer el amor.

Cada vez que él se presentaba inesperadamente, lo cual después de conocerlo era predecible —cuando el bar había cerrado o Agustín había dado la noche por terminada y se había ido por su cuenta o se había acabado el dinero— Manolo llegaba con una rosa carmesí de tallo largo. Una vez cuando estaba furiosa con él y me negué a abrirle la puerta, depositó su ofrenda en mi pasillo. Y siendo un enero invernal la rosa se congeló y se pegó del áspero suelo. Cuando la recogí dejó su silueta en el piso.

Quizás sea verdad lo que Agustín me gritó una noche, que lo que Manolo buscaba en mi era la madre que había perdido cuando niño. ¿Y qué? Si yo pudiese recuperar a Manolo aunque sea por un día sería su madre y su amante también. Lo abrazaría y lo alimentaría y le besaría la frente antes de dormir. Le leería los cuentos de hadas alemanes que tanto le gustaban y que no conocía hasta que llegué yo.

Leía de todo a Manolo y él quería escucharme leyéndole de todo. A él no le gustaba leer en ninguno de los tres o cuatro idiomas que hablaba. Tampoco le gustaba escuchar la radio todo el día como hacía yo. Demasiado hableteo, decía. Pero luego quería que yo le contara todo lo que escuché, especialmente sobre la antigua Yugoslavia o la que todavía lo es excepto que la han cortado en tiras como un bisté para la cena de alguien. Allí era donde vivían los parientes de su padre. Es la tragedia de todos, Manolo me dijo, no solo para los gitanos pero también para los cristianos y los musulmanes y los macedonios y los bosnios. Pronunciaba nombres que sonaban como reinos en una leyenda trágica en la que en lugar de niños y mujeres embarazadas ser tragados por cíclopes y dragones echando fuego por la boca, eran trinchados y destripados por las bayonetas de los soldados. Porque los musulmanes creen en Alá, decía Manolo, eran barridos por los buldózeres y arrojados al rio para que se ahogaran. Con tantos cadáveres flotando en el agua el río se convirtió en musgo pantanoso. No leerás eso en ninguna parte, dijo mi amor, dime si lo lees. Se le aguaron sus ojos avellanados y también los míos. Manolo podía hacerme esto a mí. Abrirme los caudales de lágrimas con solo contarme una historia, quizás porque sus historias eran todas verdaderas.

Me sentía como una tonta con mis historias pues sabía que sus finales felices eran solo una fachada de lo que realmente pasaba por aquel entonces, y lo que realmente pasaba tú no lo quieres saber, decía él. Pero yo si quería oír todo lo que él había oído por sus canales, sus laberintos de rezongos Romaní, un cable telegráfico caló extendido a través de un vasto territorio, un lamento, un quejido, una alarma de caracola de costa a costa. Yo quería saber de los abuelos de Manolo, de sus cuatro tíos y tres tías y sus hijos y sus nietos que habían sobrevivido todo, alimentándose de basura, viviendo en carromatos y chozas, despreciados por todos, los que se habían escapado de todo. Lo que más necesitaba saber era si era verdad lo que una noche oí al padre de Manolo contarle a Agustín, pero que calló cuando creyó que yo le escuchaba —que enterraban a las personas vivas en las llamadas limpiezas étnicas. Y ya tú sabes compai, para ellos nuestra gente no vale nada, oí al viejo murmurar entre dientes. Sus arqueadas cejas canosas parecían apuntar hacia su hijo, sentado a su lado. Es un muchacho loco, decía. Es capaz de volver allá para ver quien queda vivo…

Cuatro: Aquel octubre —el único que pasé con Manolo—

Aquel octubre —el único que pasé con Manolo— fue tan empalagoso de melancolía que a pesar que no teníamos trabajo hacía tiempo no nos importaba. Dábamos largas caminatas por la playa cuando me sentía bien. Muy pocas grandes ciudades tienen sus propios lagos. Nos encantaba nuestro lago. El Mediterráneo-Lite, Manolo le llamaba. Decía que parecía el mar Mediterráneo lleno de pequeñísimos barcos y tan azul en los días soleados y con sus bravas olas anunciando la llegada del invierno. Pero por supuesto es solo un pequeño lago, se reía, bromeando porque yo nunca había visto el mar en persona y para mí el Lago Michigan era bastante grande.

¡Ja! decía Manolo, ¡los gachés en América piensan que todo lo de ellos es más grande!

¡Ja! yo le respondí, pero tú y yo sabemos que eso no es verdad, ¿no? Manolo me miró sorprendido por un segundo hasta que cayó en cuenta del doble sentido, y se rió.

En una ocasión, se quitó la ropa y los zapatos y las medias y se tiró al agua para ganar una apuesta. ¡Págame, Carmen! gritó saliendo del lago, temblando como un perro mojado. No podía creer que había saltado en el frió lago por una apuesta de un dólar. Te prepararé una cena, ¿qué te parece? le ofrecí sintiendo pena por él. No, quiero el dólar, dijo. Se puso las ropas que se le pegaron al cuerpo mojado, y tomó mi dólar. Lo besó, y murmurando algo como una oración lo guardó en su bolsillo. Es para nuestro hijo, dijo. Hmm, dije yo.

Fue uno de esos taciturnos días de otoño, mientras descansábamos sentados en un banco del parque, que Manolo, frotando ligeramente mi pierna, me dijo, ¿Por qué no tenemos un hijo? Estás loco, le dije. Loco por ti, me dijo.

No había pensado en niños por largo tiempo. Mi columna vertebral estaba peor que cuando estuve embarazada a los 25 años. No era una buena idea pero me gustaba. Así es el otoño, te hace sentir nostalgia por cosas que nunca has tenido. Estudié la cara de Manolo por un rato. Si nuestro niño se pareciera a ti sería un rompecorazones, le dije.

¡Un rompecorazones como la madre! dijo Manolo con un resoplido. Se levantó, recogió unos guijarros y comenzó a lanzarlos uno por uno. Accidentalmente le dio a una ardilla en la cabeza y se cayó de lado. ¿La mataste? exclamé. ¡Que horrible, Manolo, has matado a ese animalito!

Manolo entrecerró los ojos y dijo no, está solo aturdida. Unos segundos después la ardilla se levantó y salió corriendo. Yo no me creo una rompecorazones, dije.

Pero lo eres Carmen, dijo Manolo. Paró de arrojar guijarros y me miró. Esa es la peor clase de rompecorazones, ¡las que ni siquiera se enteran que los rompen!

No sabía de lo que me hablaba Manolo. Yo era muy sincera con él. Si no había terminado mi relación con Agustín, aunque apenas lo veía últimamente, era porque Manolo no me permitía contarle lo nuestro. Él no quería lastimar los sentimientos de su padrino.

Alcé la vista, protegiéndo los ojos con mis manos del resplandor que el sol proyectaba por detrás de su figura. Parecía la silueta de un niño. No era un niño, pero a veces era tan frágil como uno. Él no quería que yo lastimara a Agustín, pero obviamente él tampoco quería ser lastimado. ¿Quién quiere serlo? A veces, tan fuerte y tan hombre de mundo como era Manolo desde tan tierna edad, era tan delicado como un cristal veneciano con remolinos dorados pintados. Yo me preguntaba si para sus ojos yo también era delicada, aunque solo fuera de vez en cuando, como cuando bailábamos en el escenario, por ejemplo, o cuando él despertaba de madrugada y yo aun dormía y él pasaba su mano sobre las sábanas a lo largo de mi torso y mis muslos. Media dormida podía sentir mi propia figura, como si al acariciarme su mano me moldease en una bella mujer. Dios creó al hombre y a la mujer a su imagen y semejanza, y así creó un par de hermafroditas, creo yo. Platón dijo que los hermafroditas se dividieron en dos y se volvieron hombre y mujer. Con su tacto Manolo me separaba de él. Cuando estábamos juntos, nos sentíamos completos, y divinos.

¿Cómo podemos tener un niño? Dije. Ni siquiera vivimos juntos.

¿Y? preguntó. ¿Tú crees que porque tú vives en un lugar y yo en otro no lo compartimos todo?

Cinco: Mi madre dice que puede estar sufriendo un infarto . . .

Mi madre dice que puede estar sufriendo un infarto, le digo a la joven puertorriqueña con el anillo de plata en el pulgar que se encuentra trabajando detrás del cristal en la recepción. Todavía tenemos que llenar los papeles de los seguros y seguir esperando, pero afortunadamente en las salas de emergencia cuando uno dice infarto ya saben que no es prudente hacerte tomar un número como tienen que hacer los demás. Otras señoras que despertaron a sus hijas a media noche pero que no eran lo suficientemente inteligentes como para gritar infarto como hizo Amá, pero insistieron que solo tenían una mala digestión para no asustar a nadie, están aun en la sala de espera muriendo una muerte heróica.

No sé si fueron los histéricos aullidos de Macho, o los gritos de mi madre que parecían venir de muy lejos, los que me despertaron a las tres de la madrugada. Me senté en la cama de un brinco igual que Frankenstein cuando recibió el choque eléctrico vital. Enseguida supe que no era una pesadilla sino algo horrible y real. Hubieron tiempos en mi vida cuando la realidad no era necesariamente horrible, pero últimamente se han vuelto inseparables.

Después de devolverle la tablilla a la encargada de inscripciones dirigen a Amá a un cuartito donde una enfermera le toma las constantes vitales. No… puedo… respirar, le dice Amá a la enfermera. ¿Qué medicamentos toma usted, querida? pregunta la enfermera y empieza a tomarle la presión. El inglés de mi madre se esfuma con lo que yo llamo el pánico del gringo, porque en vez de responder empieza a agitar sus manos hacia su bolso de vinilo que yo sostengo, recostada a una pared, porque con el apuro de traer a mi jefita al hospital no solo me olvidé de las muletas, pero también como tomé demasiadas pastillas para el dolor estoy un poco mareada. Abro el bolso, pero a juzgar por la mirada de las dos mujeres, parece que no lo hago lo suficientemente rápido. La enfermera me echa una mirada de arriba abajo. Tal parece que nunca antes ha visto a una coja mareada en bata de dormir de franela. Empiezo a sudar. Después de darle a la enfermera los medicamentos de Amá salgo cojeando en busca de una silla en el salón de espera.

La sala de emergencia es ruidosa y sucia y con mucha actividad. Tres pandilleros cubiertos de sangre sueltan una andanada de maldiciones mientras esperan que los atiendan, planean sus venganzas en el barrio, en el ghetto, en los proyectos, West Side, South Side, North Side, en los suburbios, dondequiera que ellos reclamen territorio, además de echarle el ojo a las mujeres enfermas. Mientras tanto un flujo constante de horrores urbanos sigue manando. Un desfile no de una, ni dos, sino de cuatro niñas en sillas de ruedas. Quiero decir verdaderamente niñas, bebés, bebés con melenas, criaturitas con pantalones anchos y con las barriguitas saliéndose de las enormes camisas de cuadros, camino a dar a luz sus duendecillos. A una de ellas la acompaña el novio, un hombre-niño flaco con caminar de guapetón y enormes zapatos, que empuja su silla de ruedas, pero a las demás las empujan sus madres. Todas lucen más jóvenes que yo, pero antes que termine la noche serán abuelas.

Un ruido ensordecedor empieza en mi cabeza, ¿A dónde se va el tiempo? Repite. ¿A dónde se va el tiempo? Ya no conozco esta ciudad de jóvenes violentos que matan por gusto, que juegan a la ruleta rusa, como escuché a un muchacho jactarse ante otro, en una fiesta de Sweet Sixteen. ¿Qué clase de fiesta era esa? Todos estaban endrogados, dijo el muchacho, y la pistola fue pasando de mano en mano hasta que uno se mató. ¡Pas! Man! ¡Le acabó el high de todo el mundo!

Casi tuve un hijo a los 25. Aquí hay bebés naciendo esta noche, quizás todas las noches, de niñas adolescentes en espera del próximo high asesino —que bien pudiera ser un golpe mortal en la cabeza de alguien con un pesado candado de timon de coche, o tal vez oliendo goma a aerosol hasta caer en coma, o quizás un tiro en la cabeza. ¡Pum! ¡Man! ¡Le quita lo de endrogado a todo el mundo!

Nunca supe de esta vida. Mis compañeros de clase se hubieran alegrado de amanecer un día con los sentidos intactos. Que no hubieran hecho para oír, ver pensar claramente por un día; por levantarse y caminar. ¡Levántate y anda! Como dijo Jesús, y ellos se levantarían arreglarían sus camas comerían un poco de avena y se arreglarían para ir a la escuela, sin nadie tener que cargarlos y sentarlos y pararlos del inodoro o decirles ándale Beto, yo también tengo prisa. ¡Caramba, hombre! ¿ya terminaste? ¿Puedes alcanzar el papel higiénico o es que también hay que ayudarte con eso?

Esta no es la ciudad que yo conocí de joven y salía a divertirme en ella, a sus excitantes bares en penumbras y sus restaurantes de moda. Bailar era lo mío aun cuando apenas podía caminar. Por unos cuantos dólares la noche yo bailaba. Bailaba por una copa de coñac. Quizás bebía demasiado. Quizás era mi propia rebeldía. Pero nuestra droga era la música, las canciones eternas, los ritmos y también el amor profundo. No solo amores imposibles, pero amor por la tierra perdida, la añoranza de un lugar donde descansar, de la madre ausente y de los tiempos pasados que ya no volverán. Nos endrogábamos de añoranzas.

De pronto los guerreros adolescentes empiezan a desaparecer. Siento un zumbido en la cabeza que nadie más parece escuchar. Lo que me faltaba, ahora oigo voces, creo. Claro, ¿por qué no? Entre las voces y mi abstinencia, mi preocupación por cuidar ancianos y mi vida de pobreza, cualquier día me beatifican. La pierna me late peor que nunca. Tomo otro calmante, no mejor no, todavía no. Cuando me doblo para frotarme la pierna, siento como si me hubieran arrancado la vida, una generación ha pasado y mi ciudad nocturna ya no es grandiosa y excitante, se ha convertido en un verdadero campo de batalla. Matan a los jóvenes en los callejones y en los parques. ¿Quién declaró esta guerra contra nuestros jóvenes? Esto no es *The Lord of the Flies,* esto no es Serbia ni Zaire ni Medellín. Esto es Chicago, mi ciudad, América la Libre. ¿Verdad? ¿Verdad? Ya no tengo control de nada, he perdido el control, pero quizás nunca lo tuve, yo, la bailarina coja y protegida que he sido, la romántica que soy, y por lo que me consta eso es lo que hace girar y girar al mundo. Me caigo al piso de cabeza y no puedo recordar que sucede después.

Seis: Es como la historia que una vez mi maestro de yoga...

Es como la historia que una vez mi maestro de yoga contó a la clase hace unos años, cuando yo todavía podía sentarme en el piso y doblarme. Aunque empezamos a morir desde el momento en que nacemos, somos como la rana que la serpiente se traga, dijo. La rana sigue sacando la lengua tratando de cazar una mosca, mientras es tragada por la serpiente. Luego que, al fin, Amá fue oficialmente ingresada al hospital esa noche interminable, la inyectaron, le pusieron un suero y la examinó el adormilado internista de guardia, quien no hizo otra cosa que preguntar que medicamentos ella tomaba antes de decir que no había nada que hacer hasta que su médico llegase a verla por la mañana. Le di unas palmaditas en la mano a Amá y le dije no te preocupes y vi en sus ojos su indomable deseo de vivir. Ya casi había amanecido cuando salí casi arrastrándome por los pasillos nada antisépticos hasta la puerta.

El apartamento de Amá se sentía raro sin ella, solo Macho oliendo por debajo de la puerta al yo meter la llave en el cerrojo doble igual al que yo había instalado en el Hotel Hollywood. Lo que entonces era el símbolo de una mujer independiente ahora es solo una protección para esos que viven con miedo.

Pero tampoco demasiada protección, pues Negrito había logrado entrar y lo encuentro dormido en la cama de mi madre. Macho se sube a la cama y se acurruca en sus brazos como si fuera un osito de peluche. ¿Cómo está? Pregunta mi hermano menor, a quien no he visto desde quien-sabe-cuando, desde la semipenumbra sin abrir los ojos. Ella va estar bien, digo. ¿Qué haces aquí?

No te preocupes dice Negrito, no me voy a quedar. Se sienta. Él era el niño lindo, pero ahora hay desolación en sus ojos y le escasea el pelo de tanto consumo de drogas, lícitas e ilicitas. Está tan flaco que los pantalones lucen vacíos. También se ve un poco más sucio que de costumbre.

¿Qué tiempo llevas aquí? me contesta con una pregunta. ¿Un año, eh? ¡Pobre de ti! dice sarcásticamente y se vuelve a acostar. Agarro a Macho, el perro gruñón y lo tiro al piso para acostarme al lado de mi hermano. Me gusta acostarme boca abajo. ¿Cansada, eh? me dice tirándome un brazo por encima como una de esas barras de seguridad que te impiden caer desde una montaña rusa. Le pregunto si necesita dinero. Te puedo dar algo, pero no te atrevas a coger lo de Amá, ¿okay? No te preocupes dice Negrito, dándome unas palmaditas en las nalgas. ¿Te acuerdas cuando nos toqueteabamos? me pregunta. Anjá, digo yo. Por cierto, me pregunto, ¿te hice gay?

¡Ay mi'ja por favor! dice Negrito y nos quedamos dormidos.

Por la mañana cuando me despierto Negrito ya se ha marchado sin dejar rastro, excepto la tenue impresión de su figura sobre las sábanas. Me avergüenzo un poco al inspeccionar la casa. Por supuesto, Negrito no se robó nada de la casa. Nunca lo ha hecho.

Capítulo 5

Uno: Corazón de melón...

Corazón de melón de melón melón melón corazón . . . de melón es el alegre cha cha chá que mis jefitos bailaban cuando todavía eran jóvenes enamorados. Mi jefito silbaba bajito esta melodía cuando mi madre estaba en el hospital. Son recuerdos de cuando mis padres estaban enamorados, y yo no podía bailar. Acababa de salir del hospital y estaba en una silla de ruedas. Pero recuerdo una vez en que mi apá me sacó a bailar un mambo de Pérez Prado durante una fiesta. En aquel entonces era guapísimo, con un fino y delgado bigote como el de Pedro Infante, quien se parecía más a un seductor mecánico de garaje que a una estrella de cine.

Apá trabajaba mucho cuando en aquella época éste era un gran país para los trabajadores y uno podía trabajar horas suplementárias las cuarenta horas de trabajo, cosa que ahora no permiten las compañías, que utilizan a niños extranjeros como esclavos porque sobre sus hombros pesa la supervivencia de sus familias, niños que han tenido la mala suerte de haber nacido en países sin leyes laborales. Apá trabajaba muchas horas extras, como ya he dicho, y regresaba a casa aun más tarde después de pasar como era su costumbre por la taberna, eso significa que se dejaba caer pasada la hora de cenar y cuando ya estábamos en la cama.

¡Deja tranquila a esa criatura! Así me llamaba en español. Estaba bien. En inglés a los niños se les llama *kids*. Amá, quien fingía dormir hasta que Apá llegaba, gritaba desde su habitación cuando él entraba en la mía y me despertaba. A veces sólo me daba un abrazo y decía, ¡Lo siento, mi'jita, lo siento! llorando un poco y meciéndome entre sus brazos. Creía que mi polio era un castigo de Dios. Otras veces, ponía un disco y se sentía feliz, en lo que Amá enrabiada en la cama sin quererse levantar, hacía ver que Apá no estaba actuando estúpidamente y como un borracho pero al final le gritaba que lo estaba. ¡Por el bien de la criatura, quieres hacer el favor de meterte en la cama! Ponía un mambo o un danzón o una rumba porque aparte de trabajar duro, mi apá sabía bailar muy bien. ¡Levántate! Le decía a mi madre. ¡Ven a bailar conmigo, vieja! "Vieja" era como mi padre la llamaba cariñosamente. Está bien, entonces, mi'jita bailará conmigo, decía. Yo quería bailar, sólo que no podía, así que en sus brazos, me llevaba a la sala y bailábamos, una rumba o un mambo o muy lentamente con los cachetes pegados, y yo podía oler su aliento de cerveza y sentir la aspereza de su cara sin afeitar, mientras silbaba una canción del debonaire Nat King Cole.

Sé que no es ninguna coincidencia que los hombres que más tarde he amado fuesen bailarines. No se tiene que ser Freud para adivinarlo. Es lo que más admiraba, lo más inalcanzable a causa de mi pierna y sin embargo, dentro de mi alcance por amor.

. . .

Tengo recuerdos anteriores a la polio, recuerdos de cuando podía caminar correctamente y el baile no lo era todo para mí. No eran exactamente recuerdos, no eran fotografías instantáneas, sino películas mentales de tres segundos como en un sueño; guardaba en los archivos de mi materia gris ese tipo de películas Kodak caseras que nosotros no podíamos tener. Mi madre es la protagonista de mis primeros recuerdos. Estoy sobre sus rodillas y me hace cosquillas, cosquillas. Soy como un monito, de cabeza abajo, una copia exacta, quizás su esperanza e inspiración. Quizás no. Quizás sólo era una sorpresa como solía decir mi tía refiriéndose a su hijo más joven. ¡Pensé que Junior era un tumor! ¡Te imaginas mi sorpresa! Cuándo me di cuenta que estaba embarazada —¡era demasiado tarde! *¿Demasiado tarde?* Mi primo Junior y yo nos miramos preguntándonos lo que significaba "demasiado tarde".

Levanto la mirada y Amá, quien entonces era una mamita joven y bonita, está fumando un cigarrillo. Nunca he visto fumar a mi madre, sólo en esa escena en la que lleva el cigarrillo a sus labios carmesí y toma una larga bocanada. Su pelo color marfil con relucientes ondulaciones está peinado hacia atrás en una larga cola de caballo. Luce glamorosa. Cuando mamita me aprieta contra su pecho, me envuelve el inimitable olor de su sensualidad, pero como aún soy niña, sólo puedo compararlo al olor de la pomada Vicks que se unta para los resfriados, aunque mejor. En otra película, que he pasado por mi mente muchas veces en momentos sombríos, Amá tiene una nueva cámara fotográfica. Apá se la regaló para Navidad. Sonríe, mi'jita, me dice. En una estoy descalza... sucia. Sonrío con mis dos dientes y chocolate por toda mi cara. ¿Es esto un recuerdo o he visto una fotografía así? En otra de las películas vamos todos a misa. Mis dos hermanos mayores vestidos de Primera Comunión caminan frente a nosotros tan sombríos como un par de musulmanes negros. Mi hermano pequeño y yo estamos junto a Amá. Yo estoy en medio. Le agarro ambas manos. Amá le dice a alguien, quizás al cura tras la misa, Sí, esta es nuestra princesa. ¡Que rápido crece! Mis películas de recuerdos se queman durante mi enfermedad y sólo reaparecen de vez en cuando más tarde, escenas esporádicas en las que no estoy segura qué sucedió, qué he soñado y que espacios en blanco he llenado.

. . .

Macho menea su cola ante mi padre, luego se acuesta sobre una vieja alfombra. ¿Cómo te van las muletas? Pregunta mi apá. Nadie más en la familia se ha referido al hecho de que tras todos estos años he vuelto a usar muletas. Muy bien, digo. Mi jefito tiene una mirada como la de Macho. Parece derrotado desde que Amá le pidió que se fuese. No quiero que además de la preocupación sobre mi madre, tenga que sufrir por lo que el doctor me ha dicho últimamente, que tengo síntomas de una recaída de la polio. Las muletas son sólo el primer signo de lo que el destino me depara. A decir verdad, ni yo misma he aceptado del todo lo que me ha dicho el doctor.

Mi padre, más joven que mi madre, parece estar peor que mi madre, pero imagino que no ha ido al doctor desde que le hicieron un examen médico durante la Guerra de Corea, antes de que yo naciese.

No fue aceptado, por una razón banal en la que nadie hubiera pensado, pies planos. Tiene la creencia de que ir al doctor es lo que te enferma.

¿Te gustaría comer algo? Le pregunto a Apá. No es que esté a punto de cocinar algo, pero seguro que mi madre ha dejado una olla de frijoles en el refrigerador. En el norte, ninguna casa mexicana respetable carece de una olla de frijoles pintos y tortillas de harina.

Él encoge los hombros. Viste todavía su ropa de trabajo, el abrigo impermeable con un bolsillo rasgado. Lleva consigo su lonchera de metal. Me voy, dice, sin mirarme. Si su talante se vuelve más patético, empezaré a llorar. ¿Crees que tu amá quiere que la vaya a visitar? pregunta desde la puerta.

¡Sabes que nunca te perdonará si no vas! Se me escapa la mentira porque no quiero ser cómplice de mi amá en herir los sentimientos a nadie. Por lo menos siempre ha sido buena gente, poco más se puede decir de él como padre. Además, siempre ha trabajado. Apá trajo a casa su sueldo hasta que ella lo sacó de casa. Él sigue viniendo todos los viernes puntualmente y le da a ella una buena parte de su salario para pagar las cuentas de la casa.

¡Baja más tarde para comer! dice Apá. La especialidad de mi padre es chorizo con huevos. Mira sobre su hombro y añade, Estás demasiado delgada, hija. Tienes que cuidarte. Vas a desaparecer.

No tendré tanta suerte. Ya lo he intentado. A veces te sientes tan mísera que quieres desaparecer, ir difuminándote como una vieja fotografía u holograma, estabas ahí pero no exactamente. El suicidio parece demasiado egoísta, demasiado craso. Demasiado repentino. Me gusta el drama, pero para vivirlo, prefiero el escenario. Hay algo en eso de la gran salida final que no me atrae tanto como la idea de ser aclamada para salir al escenario de nuevo.

Así que aún estoy aquí.

Y algún día, créanlo o no, estoy segura de que escucharé el aplauso que me llamará al escenario una última vez.

Dos: Tenebroso y amenazante, brillante y sombrío…

Tenebroso y amenazante, brillante y sombrío, así es como describiría a mi hermano Abel, un hombre divorciado sin vida social, cuya única aspiración es estar al tanto de los acontecimientos diarios. Con qué objetivo, quién sabe, pues casi no habla con nadie. Tiene muy pocos amigos, ni siquiera juega el boliche. ¿Por qué el boliche? No sé. Parece que es una buena forma de hacer amigos, algo que mi hermano Abel no hace.

Como ya es costumbre durante nuestros breves encuentros, cuando me despierto en el sofá me sobresalta verlo de pie frente a mí. Ahí está el último *Time* y *Newsweek,* dice mientras se dirige a la cocina, refiriéndose a una pila de revistas que trajo a casa del kiosco de periódicos. Observo el cuerpo gelatinoso de mi hermano que se dirige a la cocina. ¿Cómo está Amá? Grita mientras oigo abrir la puerta del refrigerador. Al igual que mis jefitos, no puede preguntar nada que sea emocional cara a cara. ¡Ahora está bien, creo! Le respondo gritando, intentando incorporarme y alisar mi ropa, me pregunto por qué mi hermano me ha dado siempre un poco de grima. Vuelve a la sala con un plato de sobras frías. Me preocupa nuestra madre, dice. Se sienta en el sillón favorito de nuestros padres enfrente de la tele y empieza a comer al tiempo que mira el Weather Channel. Nunca vendría y haría todo esto si Amá estuviese en casa. Seguro, todos somos valientes si ella no está. ¿Si tanto te preocupa, por qué no vas a verla al hospital? Le pregunto. Se acabaron nuestros cinco minutos de amabilidad y volvemos a nuestra eterna rivalidad fraterna. Él le daba puñetazos a las orejas de Dumbo, mi elefante de peluche, entonces yo esperaba a que saliese afuera a jugar para desmontarle su tren eléctrico y dejarlo tirado en el callejón, pieza por pieza. Ni siquiera con el polio cesaron nuestras batallas.

Observo a mi hermano terminar de comerse las sobras, las cuales ni se preocupó de calentar, ni siquiera en el microondas que Apá ganó en una rifa del trabajo. Toma un bocado de una tortilla enrollada que ha calentado en la hornilla porque incluso el más tonto de la Tierra sabe que las tortillas no se comen frías —a excepción de los gringos-gachés. Y es que no se enteran de nada. En una ocasión me invitaron a una actividad caritativa para bailar con Agustín. Era un evento destinado a recaudar fondos para Guatemala o Nicaragua, algún lugar de Centroamérica, cuando en aquel entonces una generación de norteamericanos criticaba los problemas que su país había provocado en esa zona durante la mayor parte del siglo XX. Para acompañar la comida pasaron una bandeja de tortillas frías que parecían enormes hostias. ¡Ugh! Ojalá alguien se los diga, le susurré a Agustín, pues tenía hambre y rechacé comer frijoles pintos mezclados con couscous o quizás era arroz integral, era difícil de saber, mientras pasaban las cacerolas de comida media fría. ¿Para qué? Dijo Agustín, quien siempre ha sido tan maniático con la comida que no probó nada de lo que le pasaban por delante.

Ya fui, responde finalmente mi hermano sobre lo de visitar a Amá, y puedo decir que el sólo hecho de preguntárselo lo considera un acoso. *¿Fuiste?* Me siento como una tonta de haber dudado de él pero aún estoy sorprendida de que hubiese realmente ido al hospital. *Sí,* pero ya no estaba allí. ¿Qué ya no estaba? pregunté. ¿Dónde podía haber ido? ¡Está *en* el hospital! Me han dicho que la habían llevado abajo para unos rayos X o algo. ¿Rayos X? ¿Para qué? Dije. Esto es demasiado. Seguro que no fue. Naturalmente que no fue. Nunca va. Tras un silencio pesado dice, ¿Has oído hablar de la redada en el Dollar Mart de Little Village? Little Village está lleno de mexicanos de Chicago y de mexicanos de México. ¿Quién puede distinguirlos? No el Servicio de Inmigración. Ha habido rumores de redadas de inmigración en algunos negocios recientemente. La mayoría de los empleados de Dollar Mart ganan el salario mínimo, o ni eso. No todos tienen papeles. Algunos sí los tienen. En cualquier caso todos han sido apresados, dice Abel. *Sí,* digo. Es terrible. *Pchí,* dice, son sólo chivos expiatorios para grandes empresas. Gente que tratan como maquinaria desechable. De hecho mi inútil hermano habla de este modo, como un analista político de la televisión pública. *Pchí,* digo, no soporto hablar de esto. Lo sé, dice. Yo tampoco. Entonces se levanta para buscar más comida.

Tres: Mientras Amá está en el hospital, cometo un pecado mortal.

Mientras Amá está en el hospital, cometo un pecado mortal. Le limpio el refrigerador. Si no recuerdo mal, esto no había sucedido desde el 20 de julio de 1969, el día en que Neil Armstrong pisó la luna. Es curioso cómo algunos acontecimientos mundiales sirven para recordarte las cosas más triviales que sin embargo, relacionadas con nuestra insignificante vida, nos han dejado una huella más profunda que los grandes logros históricos. Si el hombre puede llegar a la luna, recuerdo a mi madre diciendo, Puedo ver lo que hay al fondo de mi refrigerador.

Agarré la gripe y tuve que quedarme en casa dos días sin poder ir a trabajar. Esto y el empeoramiento de la diabetes de Amá me hacen pensar que debo realmente cuidarla. Abel viene cuando he sacado y puesto sobre la mesa todas las sartenes y ollas con las tapas y cucharas de servir dentro, que Amá guardaba en el refrigerador. Ay Dios mío, no quiero estar aquí cuando Amá regrese, dijo y se marchó al instante a pesar de que mi madre en ese momento se encontraba a una distancia segura de la casa, acostada en una cama mecánica de hospital.

Una tablilla rota está amarrada con un listón de madera y periódicos enrollados.

Doy un vistazo al congelador y decido que ésa es una tarea para otro día.

Hay frascos viejos de catsup y de salsa caducada y varios paquetes de grasa reciclada, chiles serranos negros y calcificados, y limas fosilizadas, sobrecitos de salsa de soja y mostaza china en una bolsa de plástico de cuando mis jefitos tenían la rutina de ordenar comida china todas las viernes cuando mi madre aún trabajaba en la fábrica y podían darse ese lujo.

Limpio todos los estantes y bandejas. Saco una caja llena de envases plásticos que le regalamos a Amá todos los Días de la Madre y que todavía no se han utilizado. Siento un regocijo peculiar cada vez que lleno uno de los envases. Cuando he acabado, doy un paso atrás y admiro mi gran hazaña. Al igual que Neil Armstrong, quiero plantar una bandera y reclamar una nueva frontera en nombre de la paz.

A la vez sé que me va a costar. Los envases plástico azul claro —que pasarían desapercibidos en cualquier otro refrigerador— parece el ejército de Atila invadiendo el territorio de mi madre.

Sin embargo, sigo adelante. Luego, sustituyo los ponches de fruta por jugos naturales. Saco todos los saleros del estante de las especias así como los paquetes de sal de la despensa de la cocina. Compro vegetales y frutas frescas y hago un donativo de las comidas enlatadas a un comedor social en Uptown. Estoy feliz y orgullosa de hacer todo esto por mi madre, que está muy enferma y que podría haber muerto si no la hubiese llevado al hospital a tiempo, y quién se enterará cuanto ha sido cuidada por mí. No soy su mejor hija, quizás ni su favorita, pero sí una quien le quiere de todos modos, aunque con las mismas limitaciones de mi andar.

Me empeora la gripe, y falto un tercer día de trabajo y no puedo ir a buscarla al hospital cuando la dan de alta. Mi padre tiene que tomar el día libre —un pecado mortal para un mexicano. Como tampoco quiere aguantar la cantaleta de mi madre cuando abra el refrigerador, Apá se va lo antes posible.

Pero resulta que mi madre no dice nada sobre el asunto del refrigerador. Sin embargo, cada vez que me ofrezco a limpiar la cocina, rechaza la oferta. Lo haré yo, dice airosa, lo cual me hace sentir como Bette Davis en *Baby Jane*. Regresan las sartenes. Las ollas con sus tapas y las cucharas dentro. Hasta la sal regresa a la cocina con creces.

Mi madre comienza a rebajar con su nueva dieta. Mi hija no me da de comer, les susurra a mis tías por teléfono como si fuese Joan Crawford. ¡Voy a desaparecer! De momento, empiezan sus escapadas al mercado para sabotear mis compras de comidas bajas en sodio y colesterol, sin grasa y orgánicas, que deja podrir en el refrigerador y la despensa. No te preocupes, me dice, cómetelas tú.

Cuando me voy al trabajo, celebra un festival de grasa en la cocina que no había visto desde niña. Es una regresión culinaria a la época de la Gran Depresión de su niñez: menudo frito, patitas de cerdo, pescuezos con mostazones en salsa picante. Encuentro ollas y sartenes repletas de salsa y manteca fría en el refrigerador.

¿Por qué ya no me traes esas tartas de manzana como antes? me pregunta con un tono más acusatorio que de solicitud. No es saludable para ti, le digo.

¡Que me coma una no me hará daño! Me gusta comer ese tipo

de cosas por las mañanas. Me ayudan a comenzar el día. Me siento cansada todo el día.

Te sientes cansada por los medicamentos y porque comes todas esas cosas, le digo.

¡Jummm! dice mascullando. Me siento cansada como quiera.

La próxima vez de regreso del trabajo me acuerdo. Y en contra de mi mejor juicio, le compro la tarta. Amá está feliz. Entre su felicidad momentánea por comer lo que se le antoje, y mi infelicidad de que ella no siga el régimen de su dieta —que según ella, no vale la pena seguir ya que es muy tarde para eso— he escogido el camino de menos resistencia. También he llegado a creer que no estoy siendo egoísta.

¿Cuándo fue que mi madre se convirtió en una vieja?

¿Cuándo dejé yo de ser joven?

Mi madre se ha encogido ante mis propios ojos y ni me di cuenta. Sus brazos parecen pepinillos arrugados por el vinagre. Sin embargo, sé que es mi madre porque le reconozco la voz, la voz de siempre que pese a lo que me exija, obedezco. Bueno, quizás la cuestione pero no la desafío abiertamente, no me atrevo a confrontar esa voz sonora, la misma que cuando yo era niña cantaba como un pájaro en su nido mientras hacía sus tortillas los sábados por las mañanas. Esa es la voz que me hizo amar el canto.

Por el amor de Dios, ¿cuándo fue que mi madre dejó de cantar?

Una noche mientras pensaba en esto, llegué a la conclusión de que mi conciencia está limpia. En una noche que no puedo dormir porque estoy preocupada con lo que dijeron sus médicos —que probablemente un día tendrá que conectarse a una máquina de diálisis— me viene una revelación, una epifanía, pero sé que ya no me siento mal por Amá. Tengo que soltar el cargo de conciencia que me dice que le he fallado, le he fallado claramente, sin saber cómo ni cuándo mientras ella duerme a pierna suelta en la habitación contigua. Y a la mañana siguiente, acepto mis limitaciones como hija, la hija defectuosa que soy, por dentro y por fuera, y me doy cuenta por primera vez que no siempre he sentido el amor de Amá, y que me he amado a mí misma por las dos.

Cuatro: Los Idus de marzo soplaban aterradores...

Los Idus de marzo soplaban aterradores vientos y lluvia por toda la planicie del Midwest a principios de la primavera de este año. El sábado trabajé como de costumbre y a duras penas pude regresar a casa, no a causa de las condiciones metereológicas sino porque me muevo más lenta que una tortuga excavando en la arena. Casi no logro sobrevivir el día, entre la multitud del aeropuerto, los pedidos de pizzas, bebidas y yogurt helado, y nos faltaba un empleado ese día de tanto movimiento, lo cual se tradujo en un constante correcorre. Al llegar la noche sentía el muslo izquierdo completamente atrofiado.

Pero el lunes cuando fui al doctor me dijo que mis músculos no sólo *se sentían* atrofiados, de hecho se estaban atrofiando. No puede ser, doctor, protesté con el debido respeto. Estoy segura de que sólo es un poco de artritis o algo parecido. ¿El Bengay no ayudaría? No me importa oler a viejo. Conozco a una sobadora que trata la bursitis de mi padre que puede eliminarlo.

No, Miss Santos, insistió. Lo que le pasa es que usted no acepta sus limitaciones y cuanto antes acepte su condición degenerativa, más pronto podremos someterla a un tratamiento adecuado a sus síntomas.

Ay no, dije para mis adentros, callada como la explosión de una burbuja de jabón. Pero lo cierto fue que la noche del sábado, cuando volvía del trabajo, no podía levantarme para salir del tren, lo intenté dos veces hasta que un muchacho me tendió una mano.

Lo que sucede cuando se te agotan todas tus unidades motores saludables por estar compensando las que ya no funcionan, es que un día entre la primavera y el verano terminas en la consulta de discapacitados. Afortunadamente para mí, imagino, los doctores, sabiendo ahora que el polio puede atacar a la misma víctima una segunda vez décadas después del primer ataque, ya no se refieren a los afectados del síndrome post-polio como perturbados psicológicamente ni piensan que todas esas mujeres están pasando por la menopausia. Desdichadamente, los profesionales de la medicina han llegado a la conclusión de que lo que yo tengo es genuino y no tiene cura. Nada de inyecciones revitalizantes. Nada de rehabilitación intensa. Lo único ahora es intentar no agotar la reserva muscular que queda. No es necesario decir, dada la rigurosa profesión que he escogido, que mi reserva es prácticamente inexistente.

Felices cuarenta años, Carmen.

Como ya no puedo utilizar el transporte público ni estar de pie todo el día, el trabajito de la pizza se ha terminado.

No puedo decir que lo eche de menos pues el sueldo era sólo unos cuantos pesos por encima de lo que se me paga por discapacitación, le digo a mi amiga Vicky, quien está tan lejos del desahucio como yo cerca. Ella era muy buena con las matemáticas y ahora es algo así como ejecutiva de banco. Pero esto significa que tengo que decir adiós a mi doctor preferido.

Dale la bienvenida a días de largos y pesados esperando que te atiendan los internistas que cada día cambian, suspira Vicky. Al igual que mi hermano, dice. Uno pensaría que ahora el sistema estaría mejor organizado para las víctimas del SIDA. Pues Virgil, el hermano de Vicky, está tan enfermo que apenas la veo. Eso además de que a Vicky le gusta ganar dinero y dedica mucho de su tiempo en ello.

Cuando éramos adolescentes Virgil nos invitó, a su hermana pequeña y a mí, a uno de sus partidos de fútbol de los domingos. Jugaba en un equipo mexicano, Los Toros o algo así. Todos los fines de semana nos sentíamos como chicas normales, sentadas en un banco animando al guapo y atlético hermano de Vicky. Y como Virgil era un jugador estrella, los otros miembros del equipo nos trataban de forma especial. Pero yo estaba tan enchulada de Virgil que nunca prestaba atención a ninguna otra persona. La atracción era mutua aunque él se mostraba mucho más indiferente respecto a ello que yo. Quizás porque él era una estrella o quizás porque yo era menor de edad. Desde esa primera vez nunca más salimos los tres juntos. Salí a veces con Virgil y otras veces sólo con Vicky. Vicky me hizo el amor como un hombre y Virgil como una mujer, o dicho de otro modo, perdí mi virginidad con mi mejor amiga Vicky. Luego Virgil se fue a México para jugar profesionalmente. Vicky fue a Princeton. Yo conocí a Agustín y ése fue el final de mi romance hermafrodita con el hermano y la hermana.

Cuando Virgil regresó a Chicago hace más o menos un año, estaba enfermo de SIDA. Salimos de nuevo un par de veces pero sólo como amigos. Hacía tiempo que nuestro romance había terminado. Pero todavía recuerdo cuando solía susurrarme en el asiento trasero del carro, Eres la única mujer que voy a amar, Carmen. Entonces no le creí demasiado. Con el tiempo me di cuenta que ningún hombre me había dicho palabras más ciertas que ésas.

La mayoría de mis cuates del equipo han muerto de SIDA, me contó Virgil la primera noche que salimos. Fuimos a un bar latino llamado La Luna Llena. La ventana del frente estaba tapada con maderas a causa de una pelea la noche anterior. La Luna Llena ya había sido cerrada varias veces por la policía por el "exceso de entusiasmo" de sus clientes. Virgil desvió la vista. Desvió la vista, tamborileando con sus dedos en la barra al ritmo de los grandes éxitos de Donna Summer y bebió un sorbo de agua mineral. Ya no bebía alcohol pero fumaba un cigarrillo tras otro. Es un vicio que agarré en México, dijo como excusa, allí todo el mundo fuma, incluso los niños callejeros.

¡Deberías ponerte el traje y actuar aquí! dije, ¡por pura diversión! Sabía que estaba enfermo. Pensé que necesitaba un poco de diversión en su vida. A excepción de sus orejas de Príncipe Charles, todavía parecía un dios griego. Se sonrojó. Sabes que no soy un exhibicionista. Empecé a toser a causa de un cubito de hielo que me tragué demasiado rápido. Cuando dejé de toser dije, Primero fuiste la estrella de tu propia banda, y te ponías aquellos pantalones ajustados. Recuerdas…¿los de lentejuelas? Luego jugaste fútbol profesional en relucientes pantalones cortos…¡Okay! ¡Okay! Virgil rió con las manos levantadas para que parase. Bueno, ¡quizás *soy* un poquito exhibicionista…! ¡Y no me digas que nunca te afeitaste las piernas, incluso entonces! Bromeé. Su cara se puso roja como una rutabaga. Conozco la expresión "como un tomate" pero prefiero decir rutabagas.

Cuando empezó a sentirse mal continuamente, ya no nos vimos más. Le llamé varias veces pero no respondió a mis llamadas, luego el silencio. Sólo sabía de él a través de su hermana.

Lo que más me gusta de Vicky en estos últimos años es que no me hace sentir que ella ha tenido más éxito que yo. Me regaló un reloj muy bonito para mi cumpleaños. Tiene un pequeño diamante que se saca hacia fuera para fijar la hora. Al final, le dije a Vicky, todos los internistas dirán que cada coyuntura de mi cuerpo me grita: ¡abandona el barco! ¡Se va a hundir! Vicky sacude la cabeza y toma un triste sorbo de su margarita de fresa. Lo sé, cariño, dice, lo siento.

Cinco: Los dolores de la regla no son como creen los deportistas...

Los dolores de la regla no son como creen los deportistas, no son nudos en las piernas que se disuelven con unas cuantas flexiones. Temprano una mañana, al apagarse las luces de neón del Hotel Hollywood se apagaban, me despertaron unos dolores terribles de la regla. Terribles. Todos los meses el ciclo menstrual de la mujer la hace sufrir año tras año. Odia la menstruación. La espera ansiosamente. Siente alivio cuando comienza, alivio cuando termina. El día llegará me advirtió mi madre, en que por fin desaparece para siempre y llorarás y te sorprenderá cuánto echas de menos la regla.

Traté de acordarme de en que época fue que mi madre lloraba sin cesar, pero no pude. Pero sí hubo una época en que gritaba todo el tiempo. Ahora sé que fue a causa de la menopausia, y no mi adolescencia, como había pensado.

Tenía una botella de agua caliente envuelta en una toalla sobre mi vientre adolorido cuando Manolo tocó en la puerta. Sabía que era Manolo porque ya conocía su manera de tocar a la puerta —suavemente como el latido de mi corazón. Cuando abrí la puerta vi que tenía dos cafés con leche en sus manos. ¡Espera! dijo. Fue al refrigerador y llenó dos vasos con hielo. Tarareaba como un lechero, contento de tener trabajo, de ver la madrugada. ¿Qué tarareaba? Una canción sobre una malagueña con bonitos ojos negros debajo de esas dos cejas. Cejas inolvidables. Si ella detesta su amante por ser pobre, él lo entiende. Él no le ofrece riquezas, le ofrece su corazón. Sólo su corazón. Manolo tarareaba esta historia mientras me miraba. A pesar de lo mucho que me encantaba la canción y quisiera tener la habilidad de alcanzar las notas altas, tenía ganas de mandarlo a callar. Ese es el efecto de los dolores de la regla —te ponen de mal humor. Y a pesar de sentirme con ganas de matar, sonreí, y mientras escuchaba me pregunté si en aquella interminable canción alguien es asesinado.

Con pasos de baile trajo los cafés fríos. Toma, guapa, dijo. Buena moza, me dijo, palomita, mi vida, mi corazoncito, con tanta naturalidad que hubiera pensado que era su costumbre ser tan cariñoso al hablar, como una abuela calorrá que ni se molesta en recordar los nombres de las personas. Nunca antes había escuchado a Manolo llamarle a nadie por otro nombre que no fuese su nombre cristiano.

Me incorporé y me ayudó a arreglar las almohadas. Después que me acomodé, me dijo, ¡Bebe, mi amor! ¡Anda! ¡Pruébalo! Esperó hasta que probase mi café frío antes de tomar del suyo. Sonrío como un niño pequeño, orgulloso por hacer algo por otra persona. El café estaba rico, es decir muy azucarado, pero traté de no pensar en eso ni en mis dolores, y él se veía contento mirándome beber el café mientras le agarraba los dedos.

Me acarició el vientre. ¡Pobrecita! ¡Enfermita! Quizás el mes que viene tendremos suerte… dijo antes de darme un beso. Entonces, recostándose más sobre mí, me besó el estómago con ternura, como se besa la cabeza de un bebé. Puso su cachete sobre mi estómago y se quedó así por un tiempo, descansando después de una larga noche de hacer quién sabe qué. Vi sus ojos mirarme detrás de sus cejas y pestañas, aún más inolvidable que las de la mujer de la canción.

Fue en ese momento en que me di cuenta que su camisa estaba desgarrada en el hombro. ¿Qué pasó ahí? le pregunté. Uy, dijo, tapando el desgarre con una mano, que retiró unos segundos después. La tela volvió a desplomarse sobre su hombro como una lengua muerta. ¿Puedes creer que estuve en una pelea con un tipo?

¿Una pelea? Manolo no era agresivo. No soy peleón, dijo. La última vez que estuve en una pelea era como de este tamaño y luego de esa pelea ¡mi bato me cayó encima! No le gustaba que me metiese en líos. Manolo brincó de la cama para demostrar cómo había sido esa pelea. Estaba en una fiestecita, ni tan siquiera una fiesta, en verdad, solo unas pocas personas que nos juntamos anoche con Agustín. Era una fiesta de despedida de uno de nuestros amigos. ¿Te acuerdas de Silvio? Lo conociste una vez. Tanto le ha pasado al pobre Silvio. Le robaron su taxi, dijo Manolo. Su mujer le dejó por otro hombre y se llevó todo el dinero. Decidió largarse. Regresar a España. Bueno, la cosa es que un tipo grandísimo, así, viene buscándome. Manolo dio vueltas y enderezó su espina. Dijo que yo le había robado su mujer. ¿Qué mujer? le pregunté. Yo no tengo que robar mujeres.

Que bien, le dije, y bebí un sorbo de su café con menos entusiasmo.

Estaba enojado porque su mujer está enamorada de mí. Yo no la conozco. Ella viene a verme bailar, así que lo único que pasa aquí es que él me tiene celos. Me agarró ahí. ¡No lo podía creer! Así que no tuve más remedio que pegarle. ¡Se cayó y *plaf*! Se dio contra una silla. Sus amigos se lo llevaron. Mira mi mano, está hinchada. Manolo me mostró su puño violeta. Estaba hinchado y tenía heridas en los nudillos. ¿Puedes creer que alguien pelea por el amor de una *mujer*?

Pestañeé. No sé, dije. Me gustaría pensar que pelearías por *mí*.

Manolo me miró y puso su vaso en la mesa. ¡Nada de eso! Dió un pequeño resoplido, sacudió su melena despeinada y se la amarró en una cola de caballo. Yo —hasta *mataría* por *ti*.

Seis: ¿Cuál es la diferencia entre flamingos *y, digamos… el tango?*

¿Cuál es la diferencia entre *flamingos* y, digamos . . . el tango? Me pregunta una clienta petite y pálida cuando le dije que bailaba flamenco. Su cabeza está recostada sobre la pila mientras enjuago su pelo color número 47 con mechas doradas. Vicky me consiguió esta chamba los sábados para lavar cabezas en una peluquería, Chez Divas en la Calle Oak. Vicky es buena amiga de la dueña y una clienta regular de los sábados. Se pasa la vida haciéndose cosas, tintes, recortes, manicuras, pedicuras, depílame aquí, depílame allá. No es fácil ser diva en el mundo corporativo, Vicky dice.

Ni barato, si me lo preguntas a mí.

¡No sé nada sobre lavar pelo! exclamé cuando me dijo que su amiga necesitaba a alguien para este trabajo los fines de semanas, ya que la chica que usualmente lo hace tiene licencia de maternidad. ¿Tienes pelo, verdad? ¿Te lo lavas, verdad? Vicky me habló como si estuviese en una reunión de empresarios en vez de en mi cocina tomándose un café. Me sentía más deprimida de lo normal. Sí, le respondí, aunque creo que me estoy quedando calva. Claramente por el estrés. Cuánto más me preocupo por no tener ingresos, más se me cae el pelo.

¡No es cierto! Me riñe nuevamente… casi me come como una planta atrapamoscas. Pasa sus dedos por mi cabello. ¡Parece que te está creciendo un montón! dice. Me da cosa.

Aparto su mano y paso la mía por mi cabeza. Tiene razón. Sí que está creciendo un montón y sí me da cosa pero también me gusta. Tengo como una pulgada de pelo por toda mi cabeza, como la grama recién cortada. ¡Tremendo! le digo a mi amiga, entregándome a su intento de conseguirme algún tipo de empleo para el que esté cualificada.

Vicky está sentada cerca leyendo una gruesa copia de *Vogue* mientras su pelo se acondiciona dentro de una bolsa plástica, cuando la clienta a quien le estoy lavando el pelo me pregunta la diferencia entre *el flamingo* y el tango. Me di cuenta como me miró con el rabillo del ojo, con una mezcla de pena y vergüenza por mi pierna enjaulada en el aparato ortopédico. ¿Te molesta? me preguntó en tono suave cuando se sentó frente a mí. ¿Que si qué me molesta? dije. Comenzó a hacerme preguntas sobre mi vida. Quizás creía que le iba a decir que mi último trabajo fue en Goodwill, así que le informé súbitamente que bailaba flamenco. En verdad no sé nada sobre bailes "españoles" dijo. ¿Cuál es la diferencia entre *flamingos* y digamos . . . el tango? ¡Ja! ¡Me encanta el tango! dice ruborizándose.

Bueno, le digo, primero, con el baile flamenco no necesitas pareja. Para el tango ...como dice el refrán, para bailar el tango, se necesitan dos. Me mira. Empiezo de nuevo. Sabes... es como la diferencia entre una rubia y una morena. A ambas se le rompe el corazón por razones distintas. Aún me mira pero está sonriendo un poco, como una niña en pre-escolar que quiere entender a una maestra que no sabe cómo hacerse entender por los niños.

Termino el champú y envuelvo su fino pelo en una toalla buena, calientita y acolchonada, ya que nuestra misión en Chez Divas es complacer. Déjame enseñarte, le digo, y veo que Vicky me mira y se le escapa una sonrisa nerviosa. La dueña, que está haciendo un recorte y nunca me ha visto bailar, también mira. Lo único que he aprendido en los últimos dos sábados que llevo trabajando aquí es que las peluqueras son las trabajadoras más dedicadas de todo el país, y a menos que seas dueña del negocio, no ganas más que una mesera.

Las chicas que lavan el pelo cobran todavía menos. Me quedaré aquí hasta fin de mes solamente para no hacer quedar mal a Vicky por tener una amiga desagradecida y perezosa.

La clienta me mira y junto mis manos. Dicen que la danza es puro sentimiento, pero hacer cualquier cosa bien hecha requiere que uno también piense. Así que, estoy pensando. Desde lo más profundo de mi cerebro oigo uno de mis soleares favoritos —Qué afortunada soy. Miro a mi alrededor. Bellas mujeres, una bella tarde de sábado, ¿por qué no bailar? ¿Por qué no cantar? Y empiezo a moverme lentamente, como la manilla de una tabla Ouija que empieza a moverse misteriosamente, provocando asombro hasta que de repente se mueve a gran velocidad por la tabla lanzando un mensaje desde el otro mundo. Me aparto de las pilas de agua y de las secadoras hacia un espacio vacío, aún sabiendo que un salón de belleza no es seguramente el mejor lugar para bailar, por más que uno se prepare mentalmente, pero aquí está el mejor público posible. Nadie puede oír la guitarra que yo oigo pero empiezo a cantar ... *Sale el sol cuando es de día ... para mí sale de noche ... hasta el sol va en contra mía ...*

No creo que la mayoría de las clientas entiendan lo que estoy diciendo. De hecho, no creo que tengan ni idea de lo que estoy haciendo mientras subo los brazos y mi voz aumenta de volumen. Ni puedo adivinar lo que piensan de esta actuación en vivo y en directo a la vez que se arreglan el pelo. Algunas clientas miran a la dueña, pero cuando esta no me detiene ni me trata como si no me hubiera tomado mi medicamento, se arrellanan cómodamente en sus asientos para disfrutar del espectáculo. Naturalmente es mi pierna buena la que hace la mayor parte del trabajo pero por suerte los soleares no requieren mucho esfuerzo de pies. *Y sentí escalofrío cuando pusiste tus labios flamencos sobre los míos …* Y luego lo traduzco espontáneamente al inglés porque en circunstancias improvisadas como estas necesito realmente que el público me siga. Agustín como profesor nunca parecía preocuparle si nuestro público gaché entendía algo; pero en esa habitación sentí la necesidad de que cada mujer allí supiese que el flamenco habla de cómo aman y cómo son amadas las mujeres. Como el tango. Como todos los bailes. Incluso si el baile surgió de la calle, si surgió de hombres sin interés por las mujeres. Porque al final —¿a quién se quiere engañar? Eso es lo que todo el mundo quiere. Un poco de amor. *¡Ay! ¡Y sentí un escalofrío cuando pusiste tus labios flamencos sobre los míos!* Canto. Ultimamente canto y doy palmas, más que bailar, y me recojo mi larga falda, mostrando mis calcetines de tenis, mis gastadas zapatillas deportivas. Definitivamente el peor calzado para bailar flamenco. El único sonido que surge de mis pies es el apagado roce de la goma sobre el piso de linóleo. Al instante me percato de que una vez más estoy andando por la cuerda floja —entre lo extremadamente patético y lo extraordinariamente sublime. *Y no me quejo de mi suerte …* canto. *Qué afortunada soy … ¡no me quejo!*

¡Olé! exclama Vicky cuando finaliza mi mini actuación, con los ojos un poco húmedos ya que hacía mucho tiempo que no me veía bailar, o quizás porque no se está quejando de sus dolores y malestar y cada día baila su propia danza en su propio mundo. Sorprendentemente Bianca, la dueña, y su clienta con el pelo envuelto en papel celofán también aplauden con entusiasmo. ¡Bravo, mi amor! Dice Bianca en vez de Estás despedida, loca. ¡Fabuloso! ¡Fabuloso! Gene, el otro estilista que tiene un arete en la lengua dice, Es magnífica, ¿verdad? Me sonrojo mientras la otra mujer también aplaude y todas reímos con lágrimas en los ojos, todas. No sé por qué, sólo me siento bien y afortunada de que el sol haya salido para nosotras durante el día y no durante la noche como a la enamorada de mi canción.

Siete: Cada día al mediodía, ella ha empezado a contestar...

Cada día al mediodía ella ha empezado a contestar los teléfonos para su amiga la guatemalteca recepcionista en consulta del dentista dos cuadras más abajo. Todo lo que dice —en español— es, El doctor está ocupado, llame en una hora, pero parece que eso funciona para el dentista. Incluso tras su estadía en el hospital, mi madre tiene una energía inagotable. No puedo creer que cada día se arregle, se cepille el cabello, se ponga un poco de pintalabios y vaya a *trabajar,* como ella dice, pero es cierto. El Dr. Montevideo, cuyos pacientes son todos hispano hablantes, le da a mi madre diez dólares y chequeos, aunque no el tratamiento, gratis. Cuando no hace mucho tiempo tuvo un abseso en una muela la ingresaron en una clínica dental como precaución por su diabetes. Amá no tiene seguro dental pero toda la familia contribuyó para pagar el costo.

Normalmente los diez dólares se han esfumado cuando llega a casa. Compra pupusas en la fonda salvadoreña cercana a la clínica o nopalitos en el supermercado mexicano de camino a casa. No vivimos en un barrio totalmente latinoamericano pero muchos latinos viven aquí mezclados con los demás porque ya estamos por todas partes. Es el pánico hispánico, el miedo a la invasión de la que tanto se puede leer en la prensa. No te extrañes si desembarcamos en Hong Kong donde la mano de obra es barata, dice Abel.

Mi madre hace un poco de faena en la casa y yo hago lo mío. Así que cuando dejé lo de la peluquería acepté la oferta de Abel y los sábados salgo con su carrito de elotes. Ten cuidado, hija, son las últimas palabras que Apá me dice cuando me deja en la avenida, en un banco de la parada de camiones con el carrito repleto de humeantes mazorcas de maíz. Los sábados son los días de más trabajo en el puesto de periódicos de mi hermano. Él dice que esa es una buena esquina para hacer negocio. Clientes habituales. Te vengo a buscar a las tres, dice Apá. Llevo mi lonchera en la bolsa. En un compartimiento secreto del carrito encuentro la última edición de *The Economist*. Lo hojeo. No sé cómo me convencieron para ser elotera por un día pero el dinero me viene bien.

¿Está limpio? Me pregunta mi primer cliente. Lleva una impresionante barba de tres días. Con un fuerte acento del Medio Este dice, He oído que la mayonesa que usan está pasada. No quiero intoxicarme. En México los eloteros utilizan una crema especial pero o es difícil de conseguir o es demasiado cara para importarla; así que en su lugar utilizamos mayonesa, mayonesa con —para añadir ese toque especial de colesterol— queso rayado.

La esposa del cliente está vestida de negro de pies a cabeza. Tiene unos bonitos ojos maquillados con kohl. Le sonrío. No sé si me devuelve la sonrisa. La mayonesa está buena, le digo a su marido. La he hecho esta mañana bajo la supervisión de mi madre. Hablas un buen inglés, dice el hombre, mostrando dos dedos. Le preparo dos elotes. Gracias, digo, usted también. Gracias, dice él. Fui a la universidad en Londres. Soy contable pero no logro encontrar trabajo aquí, dice. Lo entiendo, le digo. Le da a su mujer su maíz y tras pagarme me da la mano. Buena suerte, dice.

Vienen dos o tres clientes más hasta que dos muchachos de quince o dieciséis años aparecen de la nada y se paran a mi lado. Enrollo la revista como si me fuera a servir de ayuda. Tengo un poco de spray de pimienta en mi bolso pero no voy a sacar el bolso. Mi lima de uñas de la suerte está en mi bolsillo pero son dos contra uno. Miro a mi alrededor. Más abajo, en la otra calle pasa un carro de policía. No me oiría. No hay nadie en la parada de autobús y no viene ningún camión. Dime puta, dice uno de ellos. ¿Dónde tienes el dinero? Me dice parándose justo enfrente de mí. No me llames puta, digo, metiendo la mano en el compartimiento para sacar la caja del dinero. El otro tipo se ríe un poco de su amigo. Jódete, me dice el amigo, agarrando la caja. La abre. Hay un total de dieciocho dólares y unas monedas. Aquí se va mi vida, pienso. Me mataron por dieciocho dólares. Se mete el dinero al bolsillo y tira la caja al suelo. Jódete, dice de nuevo y se van, ni siquiera corren, andan como dos policías patrullando la calle. Se paran y miran el escaparate de una tienda, continúan andando. Se rien un poco, dan la vuelta, me miran. Puta, uno de ellos dice y siguen andando.

Capítulo 6

Uno: Amá y yo nos pasamos el verano cosiendo cascabeles en...

Amá y yo nos pasamos el verano cosiendo cascabeles en suéteres acrílicos de Navidad. Mirando el lado positivo de las cosas, esta tarea podía ayudarme a mejorar la coordinación entre mi vista y mis manos, ahora que la agilidad de mis extremidades inferiores se va escapando más rápido que un día de invierno. Pero Amá, quien siempre ha dicho que el trabajo es trabajo, tuvo finalmente que admitir que nada justificaba hacer *ese* trabajo por tan poco dinero.

La cosa de los cascabeles empezó por la preocupación de mi

madre por las facturas médicas y una amiga suya recepcionista guatemalteca le habló sobre un coreano vendedor al por mayor que andaba buscando costureras para su línea de modas de otoño. Amá no es muy buena costurera pero podía hacer el trabajo. Tiene habilidad con las agujetas y la recepcionista le comentó que eso era exactamente lo que buscaba el tipo, muchachas que supiesen manejar el estambre. Era difícil ver a mi amá de setenta años como una muchacha para cualquier tipo de trabajo, por no decir que yo a mis cuarenta años tampoco era una quinceañera. Y en cualquier caso, ¿qué significaba eso de *manejar el estambre?*

Era un trabajo fácil, liviano insistía su amiga. Todo le que nosotras teníamos que hacer era dar los retoques finales, unas cuantas puntadas y ya. Una buena razón para salir de casa —como si fuésemos a formar parte de un círculo de costureras. Lo de *nosotras* surgió sin que nadie me preguntase. Amá acababa de llegar de su trabajo diario de una hora y dijo que *nosotras* íbamos a ver a un chino para un trabajo. Amá, como la mayoría de los mexicanos, se refiere a los asiáticos como chinos. Ella sabía que era coreano.

La tienda del coreano estaba en una calle llena de tiendas al por mayor. Una de ellas tenía toneladas de ropa deportiva, otra carteras y bolsos de todos los tamaños, otra ropa de mujer y sombreros. Los africano-americanos vienen desde el South Side para hacer negocio. Los clientes hispanos y árabes compran al por mayor para revender en los mercadillos del domingo. La tienda estaba repleta de ropa barata y relucientes trajes de telas doradas y plateadas. Algunas cosas me gustaron, los cinturones de monedas de mentira, los transparentes pañuelos de Danza de los Siete Velos. Todo asequible. No estamos aquí para comprar, dijo Amá, y la seguí escaleras arriba pasado el letrero de SOLO EMPLEADOS.

Pero nada de lo que había antes leído en las revistas de mi hermano u oído en la radio pública me podían haber dado una idea de lo que me iba a encontrar en el segundo piso. Era como algo que hubiese estudiado sobre la Era Industrial en la escuela, una página sacada de una novela de Dickens. Pero estamos a las puertas del siglo XXI, pensé. Y esto no es un libro, es mi vida. Mi vida en Chicago —no en Juárez, donde he oído que se da esta clase de trabajo bajo en tecnología, habilidad y paga, sino justo al finalizar la calle donde vivimos. Dí un paso atrás y Amá me agarró y me sostuvo como si hubiese sufrido un mareo y hubiese perdido el equilibrio, y no como si estuviera tratando de escaparme como quería.

Me froté los ojos. Cuando miré de nuevo, todavía estaba allí la mujer vestida de negro sudando sobre la prensa caliente, un halo de vapor abrasador golpeaba su cara cada vez que prensaba una prenda. Vi también adolescentes, unas cincuenta con pilas de interminable tejido acrílico frente a ellas, sombrías y sumisas. No eran niñas británicas o emigrantes judías como en mis libros escolares sino chinas e hindúes —o sea que podrían ser mujeres de cualquier parte— enjutas y morenas, de brazos y piernas delgadas, réplicas de mi juventud, cosiendo en un silencio sobrecogedor, de dedos rápidos y mirada ágil, como sirvientas ligadas por contrato forzadas a trabajar de sol a sol a cambio de su libertad. Pensé, ¡No se le puede tratar así a la gente, no se puede! La esclavitud fue abolida hace mucho tiempo. ¿No es así?

El lugar olía a rancio. Probablemente emanaba de los espíritus de las muchachas. En ese momento, en el fondo de mí, también sentía algo podrido. No me gusta este lugar, le susurré a mi madrecita, quien, con su trabajo en una cadena de ensamblaje, nos había podido alimentar y vestir, no parecía estar tan horrorizada ante aquel panorama como yo. No me respondió pero miró un poco afligida. ¿Estás bien? Le susurré. Puso su mano sobre su corazón. Sí, estoy bien, dijo en inglés. Al oír a mi madre hablarme en inglés por primera vez me sobresalté y me di cuenta de que utilizó su idioma de trabajo.

Lo primero que me dijo el jefe fue que seguramente yo no serviría debido a mi incapacidad física que simplemente señaló con su dedo, y como me había costado tiempo subir las escaleras me dijo que a partir de hoy debería llegar media hora antes. Amá creía que el ejercicio sería bueno para mí y así se le dijo.

Siéntate ahí, me dijo, y sentó a Amá en otra mesa como si fuésemos niñas pequeñas que necesitan ser separadas para hacer el trabajo. ¿Qué tal? Le dije a modo de saludo a la muchacha sentada a mi derecha dándome cuenta inmediatamente, por la manera en que respondió mirándome de reojo, de que no estaba permitido hablar. Poco después empecé a coser, y cuando el patrón me quitó mi radiocasete portátil y auriculares, diciéndome que la música me distraería y haría mal mi trabajo, decidí volver a casa.

No era ni siquiera la hora de almuerzo.

A Amá, a quien le dijo que era demasiado vieja y que no podría hacer la cuota de trabajo establecida, se fue a casa conmigo. Mejor que regreses, me aconsejó mi madre cuando llegamos a casa, tras un viaje que nos tomó más de los treinta minutos asignados para el almuerzo. Amá trabajó como una burra casi cincuenta años sin quejarse durante el apogeo industrial de Chicago, fabricando componentes de carro en tiempos de paz y granadas de mano en tiempo de guerra, por más que no fuesen declaradas, y me envió de vuelta al frente los próximos tres días hasta la redada de inmigración.

Ojalá pudiese decir que fui yo quien los llamó pero fue Vicky, mi vieja amiga de escuela, una exitosa mujer de negocios con conciencia que en su tiempo libre se convierte en abogada de los oprimidos. Vicky desperdició la oportunidad de ser fiscal. Ella siempre encuentra entuertos sociales que necesita corregir a pesar de que es muy buena haciendo dinero. ¡Tu madre no puede seguir mandándote a hacer ese tipo de trabajo! Dijo Vicky cuando le hablé del lugar. No queremos que manden a los trabajadores a centros de detención o que los deporten, pero tampoco queremos que este abuso continúe. Así que tres días después, cuando cinco hombres y dos mujeres irrumpieron asustando a todo el mundo, los chinos incluidos, y especialmente a las trabajadoras pobres, yo fui la única que permaneció sentada. Llevaba mi pasaporte.

Uno de los tipos de la migra se me acercó y pareció algo sorprendido cuando le enseñé mi pasaporte. Uno nunca sabe, dije, y él asintió, Sí, uno nunca sabe. Miró el pasaporte y luego me miró a mí. ¿Por qué trabajas en un lugar como éste? Preguntó. Me pareció que su negro pelo peinado hacia atrás enfatizaba demasiado sus entradas, aunque bien es cierto que no se puede luchar contra la herencia. Es el tipo de hombre robusto con sonrisa amable. También es pocho como yo, gritando órdenes en un español olvidado como el que hablan mis hermanos.

En general el encuentro me es incómodamente familiar, algo que no esperaba. No me imaginaba que la migra me recordaría de alguien que podría ver en la boda de un familiar. Más bien esperaba un cruel robot o un funcionario indistinguible. De todos modos, tampoco estoy segura de que me guste alguien que trabaja para Inmigración desde que hicieron desaparecer a mi amigo Julio César de Guanajuato, quien trabajaba en El Burrito Grande conmigo. ¿Pero quién soy yo para juzgar la elección de trabajo de una persona? El trabajo es trabajo, ¿no es así? A mi madre seguramente le gustaría este tipo como yerno. Trabajo fijo y todo lo demás.

Si Vicky estuviese aquí me recordaría que Julio César no es la cuestión, ¿verdad? La cuestión es lo que les va a pasar a todas esas mujeres que están sacando de aquí, algo temblorosas pero quizás también aliviadas de que lo inevitable ha finalmente sucedido, pero ahora sí que viene lo peor, un viaje al sur con un billete de ida en camión, si tienen suerte. Si no la tienen, se quedarán indefinidamente en un centro de detención. ¿Qué va a pasar con sus hijos? ¿Quién les explicará lo sucedido a sus esposos y madres? ¿Quién podrá encontrarlas?

Echo un vistazo a mis muletas apoyadas en la pared. Él mira mis piernas estiradas bajo la mesa, una dentro de su armadura de metal, la otra afeitada y bronceada asomándose por mis shorts. Asiente y me devuelve el pasaporte. Espero que no te parezca extraño, dice, pero eres muy atractiva. Me pregunto si un día de estos te gustaría salir a almorzar o algo. ¿Te gustan los fideos?

Bajo la mirada y veo lo que casi es mi cuota, y si hubiese justicia en el mundo serviría de evidencia para denunciar los crímenes contra las mujeres trabajadoras. No quiero que piense que estoy desesperada por conseguir una cita o algo si contesto demasiado rápido. En cualquier caso estoy indecisa. Cada vez que desvío mi vista de él y de su amable sonrisa me viene la imagen de un robot de Inmigración que tengo fijada en mi cabeza. Pero algunos hombres hacen que sea fácil decir que no. Tipos que se ven como hombres de mundo, bien informados e incluso satisfechos de haber desarrollado su paladar para la salsa de cacahuete. Lo que quiero decir es que no creo que salgas mucho, con tu impedimento físico y eso, dice.

Estoy tan acostumbrada a esas cosas que apenas me inmuto. Sonrío y digo, ¡Claro que salgo! ¡Salgo a bailar cada fin de semana, al Club Tropicana, al Casino Royale! Tengo unas cuantas parejas, ¡excelentes bailarines! Lo miro de arriba abajo, sobre todo de abajo, dejando claro que me estoy fijando en su barriga fofa. Pues parece que eres tú el que no sale a menudo. ¡Qué pena!

. . .

No sé si los coreanos trabajan tan duro como los mexicanos, pero parece que tienen maña con el sistema de libre de empresa. Yo, nunca he tenido una idea productiva ni le reconocería si la tuviese. Pero según Vicky, quien está a punto de poner en marcha el Victoria Lomas and Associates Financial Group, solo hay negocio cuando se tiene equidad. De lo contrario, tú *eres* el negocio.

Una semana después de la redada estaba de vuelta a casa sana y salva, lista para tomar unas vacaciones permanentes por invalidez cuando Amá y su amiga llegaron a un acuerdo con el patrón, quien retomó su negocio con una nueva colección de trabajadoras. La amiga de Amá nos traería bolsas con suéteres y nosotras trabajaríamos en casa cobrando por prenda y no por horas. Debíamos coser cascabeles en la nariz de Rudolph o Santa, volver a meterlo todo en las bolsas y la amiga de Amá las vendría a recoger. Un gran plan.

En un principio diez centavos por cada nariz con cascabel no parecía nada mal. Obviamente no nos vamos a hacer ricas con esto, dijo Amá y tenía razón, pero sólo quería ganar unos dólares extra para pagar nuestras deudas. Como según ella yo no quería buscar trabajo y ya que para ella era casi imposible encontrar uno pensó que trabajar en la casa era la solución ideal. Podríamos ver la televisión, tomar descansos e ir al baño cuando quisiéramos, comer comida caliente sin gastos adicionales. Todo lo que no podíamos hacer si hubiéramos trabajado en el taller.

Pero tras cien narices con cascabel, sólo habíamos ganado diez dólares. No puedes coser más de prisa, se quejó Amá. No, dije.

Cuando ya no podía más con las telenovelas de Amá sobre seductoras bellezas de nariz respingada y uñas postizas y sus caballerosos amantes euro-latinos con quienes siempre hay malentendidos que los separan hasta el final cuando, invariablemente, acaban juntos, viven felices para siempre y engendran a la siguiente generación de estrellas de telenovela de ojos azules, me fui a coser a mi habitación. A ella no le gustó mi decisión porque sabía que lo siguiente sería tomar una siesta, cosa que hice.

Pensé en escribir una carta de queja a alguien, en alguna parte, sobre las inimaginables condiciones en que esas mujeres explotadas trabajaban en la trastienda, pero no quería defraudar a Amá de nuevo y como yo no era ninguna Emma Goldman, seguí con lo de los suéteres de Navidad. Hasta que un día Amá dijo, Basta.

En ese entonces era septiembre y el vendedor estaba trabajando en su línea de primavera, cosa que significaba coser volantes en cuellos y mangas de blusas de imitación de chifón. Sólo tenemos una máquina de coser para ambas, le dijo Amá a su amiga como excusa cuando le preguntó si queríamos el trabajo. ¿Por qué decirle que no sabes coser y que yo no tengo buena vista para sentarme ante una máquina de coser todo el día? Me dijo Amá cuando se fue su amiga. Ese hombre pensará que somos vagas y ni siquiera nos considerará en otra ocasión.

Dos: El invierno más frío que jamás he pasado fue...

El invierno más frío que jamás he pasado fue un verano en San Francisco. Creo que lo dijo Mark Twain, o quizás fue Woody Allen. Es obvio que ninguno de los dos había estado en Chicago en enero. La única vez que he viajado en invierno fue cuando Manolo y yo fuimos a San Francisco, donde no era invierno en enero, aunque cuando empezaba a enfriar cada día exactamente a las cuatro de la tarde, el frío te llegaba hasta los huesos. El clima en la Ciudad, tal como ellos la llamaban, era como un cuadro cubista; si te plantabas sobre un plano te podías encontrar de repente en un claroscuro con un remolino de viento empujándote hacia una parcela soleada.

Conozco a los cubistas gracias a los tiempos en que me podía sentar a contemplar el arte de gratis en el museo del Instituto de Arte. Cuando cursaba mi último año en la Escuela para los Inválidos, justo antes de mi graduación, iba casi todas las semanas. Las otras chicas de mi edad iban de compras o se veían a escondidas con sus novios. Yo no. No tenía dinero y ningún chico jamás me miró con interés. En invierno pasaba los domingos en los museos. A veces iba con Vicky o con Alberto, mi amigo de clase. Si teníamos más dinero que el necesario para pagar el pasaje de camión nos dábamos el lujo de un sándwich en la cafetería y nos imaginábamos que éramos niños ricos de los suburbios. Algún día seré una gran artista, le decía a Vicky aunque no sabía pintar. Yo seré tu inversionista, decía ella. Alberto no decía nada porque no podía hablar.

Cuando nos graduamos de la Escuela para Inválidos Alberto regresó a Puerto Rico. Él, a quien lo habían confundido por un sordomudo, estudió allí en otra escuela especial y se convirtió en profesor para sordomudos. De vez en cuando recibo tarjetas de Alberto desde su hogar caribeño. Cada Navidad me envía una fotografía de él con su esposa y sus dos hijos.

San Francisco fue una luna de miel o al menos lo más cercano a una luna de miel que he tenido. Naturalmente no teníamos mucho dinero para excursiones lujosas pero lo que más nos gustaba eran las puestas de sol sobre el océano. Manolo compraba dos botellines de vino espumoso y cada uno se bebía su propia botella, viendo descender el sol tras el estruendo de las olas del Pacífico. Nunca antes había visto el océano. Nunca antes había tampoco bebido champán. Hubo muchas primeras veces con Manolo a pesar de que él era mucho más joven que yo. Era como lo que dijo Chichi sobre el primer amor. Cuandoquiera que llega te marca de por vida.

Otra cosa que nos gustaba hacer era haranganear en la antigua sala victoriana del apartamento de Haight-Ashbury donde nos estábamos quedando. Sus amigos iban y venían como hipies de los sesenta, con nada que hacer a excepción de hablar. Pero las charlas no eran sobre conspiraciones políticas. Los hombres pasaban mucho tiempo susurrando, pasándose dinero de uno a otro, y las mujeres siempre me molestaban preguntándome cosas personales, mirando furtivamente a Manolo, riéndose a carcajada limpia cuando las sorprendía. Manolo siempre fue tan ecuánime. ¿Qué pasa, bella? Preguntaba, pasando su mano por mi cabello con esa mirada inocente propia de alguien tan insoportablemente bien parecido. Cuando anochecía, si no salíamos todo se volvía una fiesta.

Todo el mundo ofrecía o vendía algo, principalmente mercancía barata y sin uso alguno, para ganarse la vida. Hilda leía el Tarot en la calle cada día utilizando un cartón de leche cubierto con un pañuelo como mesa. Dancaïre vendía llaveros grabados con los signos zodiacales y cadenas de oro falso. Manolo tocaba la guitarra y pasaba el sombrero. Yo aprendí a hacer collares para ganar un poco de dinero. Sea lo que fuera, una gitana, una hippie o ambas cosas, me sentía feliz y triste al mismo tiempo durante mi relación con Manolo. Quería que San Francisco fuese un día interminable, ver un atardecer arropar al mundo y acostarnos juntos y nunca más despertarnos, pero eso era en lo que me había convertido junto a Manolo, en una mujer enamorada.

Mati, una de las mujeres que se quedaba en el apartamento, me enseño el arte de la fabricación de joyas. Hice pendientes, pulseras unisex, collares de trocitos de cristal amarillo, ónice negro, ojo de tigre e incluso de turquesa y jade, si bien eran piedras muy pequeñas que en conjunto no tenían mucho valor. Un par de domingos, los amigos de Manolo me llevaron a un bazar en Berkeley. Su amigo Aldo se dedicaba a tomar pedidos para juegos de ollas y sartenes con una garantía de por vida, para una compañía de Two Rivers, Wisconsin, mientras que su esposa Natalia vendía agua perfumada en pequeños frascos azules. Entre rastas y su incienso casero y aceites y cincuentones desgastados vendiendo cachivaches, y con las primicias de Carlos Santana y alguien intentando acompañarlo con congas, retumbando por doquier, extendíamos un sarape en el suelo y vendíamos nuestra mercancía.

¿Hay algo que no sepas hacer? Me preguntó una vez Manolo cuando le puse un collar de lapislázuli alrededor del cuello. Las cositas que sabía hacer parecían impresionarle. Sí, cocinar, dije. Ni me pidas que cocine. Me miró por un instante. No sabía qué estaba pensando. Uno nunca sabe con los hombres y la comida, pero en el caso de Manolo nunca sabía qué estaba pensando. Entonces él dijo, Está bien, yo aprenderé. Después de todo, tiene que haber algo que yo haga mejor que tú. ¿Cómo sino me haría respetar por nuestros hijos? Y esa noche hizo su primera tortilla española. La hizo pensando en todas las tortillas que había comido en España. Demasiado ajo. Pero el ajo es bueno para ti.

El hombre que amas y que cocina para ti, también es bueno para ti.

Manolo consiguió un trabajo de un mes en el Bay Area a través de unos viejos contactos que necesitaban a un bailarín de su calibre. Manolo me pidió que le acompañase. Al igual que la idea de tener un hijo, no pensamos en lo que le diríamos a la gente, fuimos sin más. Durante ese viaje vislumbré el esplendor que Manolo había experimentado durante sus otros viajes. Él había viajado a todas partes, mientras que yo no había salido de Chicago hasta ese momento. A excepción del funeral de mi abuela en Texas cuando era una niña. Sólo fueron dos días, pero los familiares desconocidos y mi primera visita a un cementerio con olor a claveles han quedado grabados en mi mente. Los claveles siempre me hacen pensar en la muerte. Tengo que volver al trabajo, dijo mi padre a pesar de las protestas familiares, y regresamos a Chicago.

Viviendo en una ciudad como Chicago qué más necesitaba ver, solía pensar. Aquí lo tenemos todo, decía. Ven, por favor, dijo Manolo. Y fui y por primera vez probé el agua salada, fría como el hielo, e insistí en meterme en el océano, aunque Manolo tuvo que ayudarme a caminar sobre la arena llena de caracolitos. A lo lejos vi casas azules y amarillas y de un rosa intenso que salpicaban las colinas como caramelos de colores y parecía que uno podía acercarse y agarrar un puñado para comérselos. También vi por primera vez palmeras y gaviotas. Es como estar en otro país, dije.

Era otro país, dijo Manolo. Era México, ¿no lo sabías? ¿Cómo puedes haber leído tanto y no saberlo? No me gusta la historia, dije. Frunció el ceño. No por la pérdida de México. Su gente en ese momento vivía en un no-país, muy lejos, dijo. Al menos pensaba que aún estaban vivos.

No me hagas rogar, me dijo Manolo una noche en el local nocturno de San Francisco entre actuaciones. Aunque me gustó que me lo rogase. Quería que saliese a bailar al escenario. Hacía tiempo que no habíamos ensayado y no me sentía en forma. A mis treinta y tantos y con una salud precaria, me veía a punto del retiro. Sólo bailaría si tuviese realmente que hacerlo; se lo dije claramente a Manolo varias veces. En el grupo había un par de bailarinas muy bonitas.

¡Baila con Lola o con María o cómo se llamen! Dije y tomé un sorbo de coñac. ¡Ajj! Es lo que decía Manolo cada vez que se enojaba.

Manolo fue a hablar con los músicos al fondo del bar, dejando su copa a medio beber y a mí con la vista fija en la silla vacía. Miré en su dirección y todos me estaban mirando. Uno de ellos vino hacia mí. ¡Carmen! ¡Carmencita! dijo dándome un beso en cada mejilla. Sonreí como si no supiese que venía a pedirme algo. Se sentó y tomó el vaso de Manolo. Se rió un poco avergonzado, ya sea porque venía a pedirme algo o porque se había bebido el vino de Manolo, y me preguntó, ¿Por qué no bailas con nosotros? ¿Cuál es el problema? ¡No puedes estar cansada! ¡Has estado sentada ahí toda la noche! ¿Te incomodan las otras bailarinas? ¿Esas chicas? ¡Olvídate de ellas! En el próximo número no bailarán, ¿estamos? ¡Todo el escenario será para ti!

¡De acuerdo, de acuerdo! dije al fin. Me miré a mí misma. Llevaba un vestido largo negro. Podía bailar bien como andaba pero no tenía mis tacones. Manolo tiene tus zapatos, me dijo el guitarrista. Sacudí la cabeza. Esto es demasiado, pensé. ¿Puedes decirle a Manolillo que venga por favor? Le pregunté. Cuando Manolo llegó ya no parecía enojado pues se había salido con la suya. Siempre conseguía lo que quería. ¡Dame este único placer, Carmen! Susurró Manolo a mi oído. Bailemos juntos sólo esta vez, en este lugar, y así recordarán para siempre a Manolo y Carmen. ¿Está bien? ¿Es eso pedir demasiado?

Cuando al rato empezó el número, yo estaba sentada sobre el escenario. El guitarrista comenzó a tocar una malagueña mientras Manolo y yo acompañábamos con palmas. "Te llevo en mi corazón" decía la canción aunque nadie la cantaba. Manolo me sonrió y se levantó. Con mi vestido sencillo, mi moño sin peinetas y sin bucles, sin flor en la oreja, seguramente que parecía más una viuda que la idea que tiene el público de una bailarina de flamenco. Aunque me había desenjaulado la pierna para bailar no era difícil notar algo extraño desde el momento en que di el primer paso. ¿Qué hace ahí arriba? podía sentir al público preguntándose, sin decirlo, por supuesto, eran demasiado educados, demasiado políticamente correctos como sólo sé es en el Bay Area, pero aún así podía sentirlo. Durante el segundo verso, "Eres mi único amor", como si estuviese en un sueño, empecé a cantar para mí en voz baja, y cursi o no, era todo lo que sentía junto a Manolo. Tan erguida como él, me dirijí hacia donde me esta ba esperando.

"De otra fuente no beberé", me contestó susurrando. La resistencia inicial del público se transformó en entusiasmo cuando se desató la magia entre nosotros, dos brujos hechizándose el uno al otro. Manolo había incluso pulido mis zapatos gastados, sabiendo que aceptaría bailar esta noche, y levanté la mirada para ver a mi amado y nos sonreímos. Adelanté un pie. Tac, ven aquí, dijo un tacón, y el otro que siempre se queda rezagado obedeció la orden. Manolo vino hacia mí. Justo cuando casi podía sentir su respiración en mi cara dimos un giro y nos separamos, lo hicimos no una ni dos veces sino tres veces en perfecta sincronización.

La conmoción de la sala se convirtió en chispa crepitante. Bailando, Manolo se sacó el sombrero y lo puso sobre mi cabeza. Yo me quité el chal y lo enlacé, halándolo hacia mí y luego dejándolo ir. Él sonrió, agarró el chal y lo usó como una cuica, brincó como un saltamontes, y seguidamente puso el pañuelo en mi cintura y me jaló hacia él. "¡Te llevo en mi corazón . . . eres mi único amor . . . y aunque estoy lejos de ti . . . no beberé de otra fuente, aunque me muera de sed . . . !" El cantaor cantó el breve verso de pie. Manolo y yo no dejábamos de mirarnos un solo instante. Su mirada me indicaba el siguiente paso, cómo acercarme o distanciarme, cuando quedarme en un lugar y acompañarlo con palmas. Era un número corto y pronto terminamos nuestra actuación. El sudor de Manolo salpicó a todo el mundo como si de agua bendita se tratase. Yo también sudé, pero como no di tantos giros como Manolo el sudor resbalaba por mi cara y bajo el vestido, siguiendo la ley de la gravedad, al igual que todo en mi vida. Manolo acabó con una rodilla en el suelo y me tiró hacia él mientras el público aplaudía y daba vivas y parecía feliz por haber visto bailar a Carmen la Coja como sólo ella sabe hacerlo.

Para bailar como lo hicimos esa noche, Manolo debía desacelerar su ritmo lo suficiente para ajustarse a mí, mientras yo hacía doble esfuerzo. Así es como actuábamos en el escenario, todo fácil para él y yo trabajando el doble. Pero con todo lo demás, dijo Manolo, era al contrario. Todo lo que en mi vida resultaba natural, vivir en un mismo lugar, hacer el amor en la misma cama cada noche, expresar dudas sobre lo que uno siente o sobre lo que el otro está pensando, era imposible para el gitanillo que entró una noche en mi vida, casi por accidente, y que muy pronto se iría igual que llegó.

. . .

Cuando regresé de la Ciudad Junto a la Bahía, feliz como una recién casada, con un álbum de fotografías y un juego de té adornado con dragones plateados de Chinatown, aunque no me gusta el té, me enteré de que Agustín estaba bastante molesto por mi sospechosa desaparición.

También me enteré de que estaba viviendo con su doncella cisne, la Courtney, quien ahora era la estrella de la compañía.

Pero no me importaba. Estaba encerrada en el corazón de mi nuevo amor. Ya no quería pensar más en Agustín. Una parte de mí estaba endeudada con él y siempre lo estará, naturalmente, la parte que pertenecía a la música. Pero si bien ningún otro maestro de flamenco podía haber visto lo que Agustín vio en mí, ahora él ya no veía nada en mí.

Me enteré que estuviste en California, dijo, cuando me encontró en el Hotel Hollywood.

He oído que tienes una nueva compañera de cuarto, respondí.

No te creas todo lo que oyes. Y sonrió.

Perro mentiroso, dije.

Agustín dejó escapar un pequeño resoplido. ¿Y con qué tipo de perro te has estado acostando tú? preguntó.

Pregúntaselo a Courtney, dije.

Te lo pregunto a ti.

Me levanté y cojeé hasta la ventana. A veces Agustín me cansaba tanto que ni podía caminar, ni mirarlo y mucho menos hablar con él.

Te vas a arrepentir, me avisó Agustín.

Pero no fue así.

No me arrepiento de nada.

Tres: ¿A dónde vas, bella judía?

¿A dónde vas, bella judía? Así comienza "La Petenera", mi canción favorita de siempre. La Petenera, la bella judía, era de Peterna de la Ribera, un pueblo de Cádiz en el sur de España, según Agustín que fue quien me lo contó. Se toca como una siguiriya con ritmo binario, sólo hacia atrás, la vieja tonada sefardí fue la primera canción que aprendí a bailar con Agustín. Tiene infinitas letras diferentes, infinitas versiones que se han cantado a través de los años. Pero no es tan antigua como las historias en que se basa la letra, y todavía la canción, como las historias, sigue creciendo —una canción darviniana que se transforma y sobrevive a todo, desde las grandes fes hasta las odiosas sospechas.

La Petenera era una rica y encantadora heredera que no podía contraer matrimonio a causa de su fe sefardí, en la época en que la España católica había reconquistado el país con venganza. Ella tendría que renunciar a su religión si alguien se enteraba de ello. "Voy a encontrarme con Rebeco en la sinagoga", cantaba. Pero lo que pasó con "Rebeco", quienquiera que fuese, nadie lo sabe porque un amante rechazado la mató.

A la mayoría de los gitanos no le gusta ejecutar esa canción, me comentó Agustín cuando la tocó para mí por primera vez. ¿Por qué? Pregunté. ¡Es una canción tan bonita! Sí, dijo, pero trae mala suerte. O al menos eso es lo que se cree en los últimos tiempos. La primera gitana que bailó La Petenera en un espectáculo murió en el escenario.

Ah, dije. Después, Agustín dijo, la siguiente mujer que la bailó profesionalmente recibió un telegrama acabada su actuación. Su hermano había muerto.

Ah, dije, de nuevo. Pero cómo puede una canción traer mala suerte, pensé. Tomó cierto tiempo hasta que decidí bailar La Petenera en público y cuando lo hice fue con Manolo. Es obvio que no morí. Pero Manolo me dejó poco después.

Tal vez sí *era* una canción con mala suerte. El escritor francés Prosper Mérimée se apropió de la historia de la judía, dijo Agustín, y se la llevó a su país. ¿Quién ha oído hablar de una gitana que en el siglo diecinueve dejase su gente para irse a trabajar a una fábrica? Dijo Agustín. En la historia de la seductora tabaquera, ella se llama Carmen porque Carmen significa hechicera, bruja. Yo también me llamo Carmen, pero no creo que esa sea la razón por la que mis padres me pusieron este nombre.

La Carmen de Mérimée es una gitana española, para los franceses una gitana es más exótica y sensual que una buena chica judía. Esa era también la teoría de Agustín. Las mujeres sensuales son siempre paganas, esa es *mi* teoría. Pagana es también otra canción, mexicana en este caso, que mi amá me enseñó verso por verso sobre la llorona. Un indígena le canta a "la llorona". Un día ve salir de un templo a una mujer llorando, encantadora en su huipil azul celeste, él anhela que su amor sea correspondido pero cree que no se la merece porque es un pobre indio. Todos me llaman el negro, dice, negro pero cariñoso. Eso fue hace quinientos años después de que La Petenera fuera asesinada por un admirador. En el siglo diecinueve a Carmen la mata su celoso amante gachó. La muerte y las mujeres deseables son tema importante en la música y en la vida. "No me quieras tanto", dice otra canción mexicana. Pensé mucho en esa canción cuando la bella cantante tejana Selena fue muerta de un tiro por la presidenta de su club de admiradores.

¿PUEDES BAJAR ESO? Me grita Amá desde la sala donde está viendo la tele. Canto, a toda voz y al unísono, con María Callas a quien escucho en mi cassette player en mi habitación, por la manera en que derrama las arias de *Madame Butterfly.* Creo que María Callas debió también sufrir por su belleza y pasiones prohibidas. ¡QUÉ ES LO QUE ESTA PASANDO AHI! Grita de nuevo Amá. Bajo el volumen, pero no es lo mismo con el volumen bajo. Como quiera, medito sobre las mujeres estremecidas por anhelos insatisfechos, las grotescas sirenas sin alas chillando sus propias arias marinas, castigadas por Afrodita por no amar a los dioses o a los hombres, quienes aún así, no pueden resistir sus encantos. Odiseo se amarró al mástil de su barco para no sucumbir al canto de las sirenas que le imploraban unirse a ellas en el fondo del océano. Mérimée. Bizet. Agustín. Manolo. A veces, te digo, es demasiado y ni puedo dormir.

Todas estas canciones y recurrentes pesadillas sanguinarias se desbordaron dentro de mí la noche en que Agustín dijo que vendría tras nuestra última actuación. Dije que tenía dolor de cabeza, que creía que me iba a venir el periodo y quería estar sola. La verdad era que Manolo y yo habíamos acordado vernos más tarde. No importa, insistió Agustín. Quiero estar contigo.

Justo cuando estaba a punto de decirle a Manolo que no viniera a verme, cambié de opinión. La rabia de Afrodita me había llevado a anidarme entre los esqueletos de los hombres bajo el mar, y, francamente, ya estaba harta de hacerlo. Mis dos amantes no eran ni dioses ni hombres verdaderos. Aunque ellos pensaban que lo eran. Aún si Manolo mereciera mi amor cuando llegase a ser un hombre, tendría que demostrármelo. Te veo después, le susurré mientras recogía mis pertenencias. Sí, preciosa, respondió de igual manera, con un suave beso en cada uno de mis cachetes recién limpiados con cold-cream. En la puerta estaba Agustín, fumando un cigarrillo, y me agarró por el codo al salir. Miré atrás a ver si Manolo se había percatado de esto, pero no lo vi.

Eran como las 4 de la mañana y yo estaba desvelada en la oscura quietud de mi habitación. El tictac del reloj me parecía una bomba a punto de estallar. Agustín roncaba a mi lado. Entonces escuché los familiares golpecitos de Manolo en la puerta. Como gotas de lluvia. Me quedé inmóvil. Si me levantase, despertaría a Agustín. Si me quedase en la cama, Agustín se despertaría por el toque impaciente en la puerta. Toc, toc, pas, pas, Agustín se despertaría. Abre la puerta, dijo Agustín de repente, en un tono tan claro como un cristal que me dejó entrever que no estaba durmiendo, sino esperando que yo hiciera algo. ¿Qué esperas? Dijo, mientras yo, reacia a tomar acción, me quedé quieta.

Abre tú, le dije al fin. Me sorprendí a mi misma con mi tono desafiante. Es tu casa, contestó. Pero si tu no abres, abriré yo. No hice nada. Ábrele la puerta a tu amante, dijo, y me levanté y prendí la luz. ¿Por qué no abres tú? Pregunté nuevamente, con los brazos cruzados sobre mis senos desnudos. Si tú no le abres, le abriré yo, repitió. Pues, anda ¿Qué esperas? le dije.

Me miró de una manera en que nunca antes me había mirado. Sus cejas se movían de aquí a allá y vi la furia revolcándosele en los ojos. Fue una mirada desconcertante, y aunque desconocía su significado, lo miré fijamente. Entre tanto, los toques en la puerta habían cesado. Al fin Agustín, en calzoncillos y sin camisa, se levantó y abrió la puerta con un ¡whoosh! Pero no había nadie ahí. Me pareció que había visto miedo en los ojos de Agustín, miedo de una confrontación que terminaría en tres corazones partidos. La mirada que me había echado cuando se levantó se quedó conmigo por mucho tiempo. Me un poco de susto.

Voy abajo para buscar el tequila de Apá, le digo a Amá, recordando los ojos de Agustín. ¿Quieres un trago? Sí, dice. Parece estar un poco perpleja por mi oferta, pero no la rechaza. ¿Qué mujer amante de la vida podría?

Cuatro: El diablo no es siempre tan negro como lo pintan.

El diablo no es siempre tan negro como lo pintan. Es una de las expresiones favoritas de Agustín cuando empezamos a salir. No porque él fuese de piel clara y hablase de él, el diablo de mi vida, sino porque yo parecía tan dulce y él nunca había conocido a una mujer que siempre hacía lo que quería. No importa lo que digas, Carmen, me decía a menudo, sé que no me perteneces. Ni ahora ni nunca. Así que yo era el diablo, es decir una mujer que nunca se rendiría.

¡El diablo no es siempre tan negro como lo pintan! Dijo de nuevo una noche cuando ni siquiera se molestó en tocar, empujando la puerta abierta. Eso fue antes de que yo instalase el doble cerrojo y fue la razón por la que lo puse. Uno siempre sabe qué hacer después.

Varias noches luego de que por primera vez intentase sorprender a Manolo en mi casa, Agustín entró abruptamente como un policía en una redada de drogas. Di un salto. Pero me recompuse rápidamente para no darle las de ganar. Cuando la puerta se abrió de par en par, pensé que era un drogadicto que entraba a robarme de nuevo, pero no, era Agustín. Debía haberlo imaginado, dije, intentando hacer ver que no me asustaba todo aquel dramatismo. ¿Me esperabas? preguntó, y pude ver que había estado bebiendo. ¿Es por eso que estás sola?

No dije nada y Agustín, quien nunca me ha levantado la voz, a quien nunca he visto alzar una mano o un puño, me hacía temblar porque no sabía de lo que era capaz tras haber entrado de esa manera. Mientras pensaba esto, oí todo lo que estaba sobre las estanterías, las chucherías, el contestador telefónico, las cintas de cassette, el reloj despertador, volar contra la pared. Luego descolgó los carteles de todos nuestros espectáculos, sacó nuestras fotos de los marcos y cuando terminó con eso todos mis platos y vasos se convirtieron en mísiles que estallaron en mil pedazos. Mientras tanto me quedé inmóvil junto a la ventana, estremecida.

Caer desde el séptimo piso tomaba tiempo así que esperaba que Agustín desahogase su furia lanzando las cosas, antes de acercarse a mí. No decía nada o quizás dijo algo, pero nada que yo pueda repetir pues todo era en Romaní, a gritos y borbotones, y entonces uno de mis vecinos golpeó en la pared y gritó PAREN DE HACER RUIDO y Agustín paró.

¡Te arrepentirás, Carmen! Me dijo desde el otro lado de la

habitación, arreglándose el pelo y el cuello de su camisa intentando recuperar un poco de decoro. No, no me arrepentiré, dije, sin moverme de la silla pero deseando no estar tan cerca de la ventana. Agarró una silla y sacó sus cigarrillos, ofreciéndome uno al instante. No gracias, dije.

Chichi asomó la cabeza. ¿Estás bien, querida? Me preguntó, ignorando a Agustín. Sí, dije y sonreí. Miró alrededor y sacudió la cabeza. ¡Ya veo! Y se fue. Siempre podía contar con Chichi en el Hotel Hollywood. Es por eso que cuando la mataron unos meses después, no pude soportar seguir viviendo ahí.

Yo también miré a mi alrededor. Qué desastre, dije. Es culpa tuya, dijo. ¿Y si voy a tu casa y lo destruyo todo? le pregunté. ¿Qué diría Courtney?

Olvídate de Courtney, dijo Agustín. Y olvídate de Manolo por el amor de Dios, ¿lo harás, Carmen?

¡No! dije. ¡No! dije de nuevo. No me olvidaré de Manolo. Olvídate tú de él. Déjanos en paz.

¡A ver si te lo metes en tu cabeza calorrá! dijo, señalando su sien. Durante los momentos intensos que hemos pasado, Agustín siempre ha insistido en que yo en realidad era gitana, la única clase de mujer que podía llegar a irritarle, decía. ¡Manolo no te conviene! increpó, con las venas del cuello hinchadas.

Tú eres el que no me conviene, dije. Ya no me estremecía, ahora temblaba. ¡Vete, Agustín! ¡Lo nuestro se acabó! ¡*Mételo* en la cabeza, por el amor de Dios! ¡No me trates una tonta! ¡No lo soy!

¡Eres una tonta! insistió. Lo eres y te darás cuenta. Ya te he dicho que te arrepentirías. Manolo es mi ahijado. Es como de mi sangre. Es calorró. No nos traicionamos así. Si lo hacemos tenemos que pagar un precio muy alto. ¡Dios ampare a la mujer que se interponga entre dos hermanos!

¡Ay cállate, Agustín! Dije. Estás en el siglo veintiuno. Me miró como si esperase a que le explicara lo que quería decir con lo del siglo veintiuno. Cállate, dije de nuevo, tomando un cigarrillo. Aunque ya había dejado de fumar.

Cinco: ¿Qué jugador de los Bulls ha ganado seis campeonatos de la NBA?

¿Qué jugador de los Bulls ha ganado seis campeonatos de la NBA? Le pregunté a Manolillo cuando vino después de que Agustín destrozara mi estudio. Traía una bolsa de abarrotes. ¡Te voy a hacer un gazpacho! anunció en un extraño arranque doméstico. Miró a su alrededor. ¿Dónde están los tazones?

Ándale, Manolo, dije. ¡No es una pregunta difícil! Por favor, ¡no me digas que no sabes quien es el mejor jugador de baloncesto de la historia! Encendí un cigarrillo y me dejé caer sobre una silla, Claro que lo sé, dijo Manolo. ¿Por qué me haces esa pregunta? ¿Y qué ha pasado con todos los platos? Miró a su alrededor aturdido por el desorden. ¿Con todo . . . ? Dejó de sacar los tomates y el ajo y las cebollas de la bolsa. Un momento . . . ¿Desde cuando has vuelto a fumar? Me preguntó. ¡Sabes que no es bueno para ti, Carmen! Manolo me sacó el cigarrillo de entre los dedos y lo apagó. Existía entre nosotros un tema que no tocabamos: el hecho de que no quedaba embarazada, y se lo achacabamos a mi precaria salud.

Lo miré mal y prendí otro cigarrillo. Durante varias noches tras el casi-encuentro entre mis dos amantes había estado esperando el regreso de Manolo. Cuando regresó quedé convencida de que ellos dos vivían encerrados en una cápsula de tiempo y que un duelo entre ellos era inevitable. Tome diez pasos caballero antes de darse la vuelta y disparar. ¿Un *duelo?* ¡Ni en mis sueños! Pero aún les daba el beneficio de la duda, la oportunidad de defender su amor por mí, de quedarse.

Sé hacia dónde vas, querida, dijo Manolo. Sé lo que está pasando mejor de lo que tu piensas. Pero no tiene nada que ver con *nosotros* . . .

¿Quién es *nosotros?* Pregunté. ¿Tu gente? ¿Y yo qué Manolo? ¿Qué *soy* para ti?

Sé que hay cosas que no entiendes sobre los calorrós o que no quieres creer, trató de explicarme Manolo. Sé que no debía haberme ido la otra noche, pero también sé que no debía haber venido. Hasta que Agustín no diga que ya no hay nada entre ustedes, no puedo . . .

¡Pero *yo* puedo decir que ya no hay nada! protesté. Podía y habría podido terminar mi relación con Agustín, pero Manolo me había pedido que no lo hiciese. No quería que Agustín supiese nada sobre nuestros planes. Podía haberle dicho a mi amante de diecisiete años que ya no le quería y que eso era todo, pero él, Agustín, no lo habría aceptado. A estas alturas incluso habiéndose imaginado lo de Manolo y mi apatía por nuestra relación, no iba a soltarme.

Manolo sacudió su cabeza. Miró a su alrededor y una vez más comentó sobre el desbarajuste en mi apartamento. ¿Qué ha pasado aquí, Carmen? ¿Ha entrado alguien?

Le miré airada. ¡Adivina, Manolo! ¡Adivina lo que ha sucedido aquí! Me miró un segundo y luego bajó la vista y de repente con un ramalazo de su brazo cayeron los tomates y las cebollas y los ajos y dos o tres cucarachas salieron corriendo por el mostrador. ¡Regresaré! dijo, y se marchó.

Miré hacia la puerta que cerró de un tirón, fatigada de tanto trueno y tan pocas nueces. Entre Manolo y Agustín no sabría decir cuál de los dos era más buche y pluma. Manolo se mostró enfadado con Agustín, pero sabía que no estaba preparado para confrontarlo.

Entre los calorrós Agustín tenía mucho peso. No era el tipo de hombre al que le quitas algo y luego le dices que te vas a quedar con ello. El bato de Manolo había sido importante, pero estaba al borde de la muerte. Para ellos importante no era como dos ejecutivos que descubren jugando al golf que ambos han estado tirándose a la misma secretaria. Así que la despiden el lunes o ambos se ríen zanjando la cuestión con un puro tras el partido. Importante para mis amantes significaba que te someterías al de mayor edad o al que se hubiese probado ante su gente, porque sino arriesgabas mucho. Cualquier cosa podría sucederte y nadie lo habría visto. Un gitano expulsado, me había contado Agustín varias veces durante años, es un alma en pena. Manolo estaba al día con los deportes en Chicago, pero en cuanto a lo demás vivía en otra planeta.

Pero esas eran sus leyes, sus vidas por vivir y morir. Por mi parte, yo siempre he estado tan sola como mi estilo de baile individual, no una calorrá, solo una mujer con los platos rotos. Sabía que Manolo no regresaría inmediatamente como había dicho. Se había ido como otras veces antes para olvidar todo en una noche enloquecida.

Al diablo con el gazpacho.

No sé qué pasa aquí, querida Carmen, dijo Chichi cuando vino para ayudarme a limpiar, ¡pero tarde o temprano todo acaba roto, aplastado o tirado por la ventana! Por favor no me lo recuerdes dije en voz baja. Aplaste un tomate de un manotazo y me limpié el zumo en la blusa. Dejé a Chichi con tal shock, sacándose el zumo de tomate de los ojos, que se quedó con la boca abierta y por una vez no tuvo nada que decir.

Capítulo 7

Uno: Hay dos eventos familiares a los que los gitanos no invitan a los gachés...

Hay dos eventos familiares a los que los gitanos no invitan a los gachés: las bodas y los funerales. Así que cuando murió el padre de Manolo, pasó cierto tiempo hasta que me enteré. Además de no invitarte al funeral, no les gusta que hables del difunto, que lo nombres, que lo evoques. Cuando finalmente Manolo vino a verme, no mencionamos a su padre. Fue como si el hombre nunca hubiese existido.

Manolo bebía más de lo usual, aunque nunca fue muy buen bebedor. Incluso estando sobrio había en él algo remoto, indiferente.

Jugaba, apostaba su dinero en juegos de billar y de barajas. Decía que pasaría a verme y no lo hacía. Venía sin avisar y luego se enojaba si yo no estaba. Me acusaba de tener otro amante a pesar de no tener evidencia de ello. Luego me pedía perdón por sus acusaciones. Así fue durante semanas —el mezquino devenir entre amantes cuando el resplandor del enamoramiento comienza a apagarse y llega el momento de decidir si quieres continuar o no.

Hasta que un día a principios de verano la nube que ensombrecía el luto silencioso de Manolo desapareció y estábamos de nuevo enamorados. Sé que nunca me lo preguntarías, me dijo una noche, dulcemente en mi oído, pero no he estado con otra mujer desde que me enamoré de ti.

¿Y cuándo fue eso? pregunté.

La primera vez que nos besamos, ¿no te acuerdas? Sujetó mi barbilla y la movió como si así pudiese sacudir mi memoria. En la fiesta . . . ¡no me digas que no te acuerdas! Fui directo hacia ti . . . estabas tan bella, allí sola, parecías un poco perdida, fuera de lugar, y sin pensarlo fui hasta ti y te besé . . . ¡y tú me besaste! ¿Qué? ¿No recuerdas cuando nos enamoramos?

Claro que me recordaba. Recordaba el beso soprendente, el modo en que el frío aire de la noche acarició mi cara cuando después salí corriendo. Recuerdo que Chichi vino esa noche a casa y cuando se lo conté, nos reímos tontamente como dos colegialas en un dormitorio estudiantil. Meses después, una noche se encontró con Manolo en el pasillo. ¡*Ahora* lo entiendo, querida! Dijo Chichi, ¡Um, um, um! ¡Si alguien tan guapo se me acercara y me besara yo también me volvería loca!

Y cuando supe que te amaba, dijo Manolo otra noche, que te amaba con toda mi alma, fue cuando mi padre murió. La luna estaba atravesada de rayones de nubes y acabábamos de regresar de un largo paseo. De vuelta a mi pequeña habitación me abrazó de repente como si yo fuese un huevo de colibrí, algo absurdamente frágil e imposible. Porque estar enamorado y amar son cosas diferentes, ¿no es verdad? Preguntó Manolo. Lo aprendí de ti, dijo. Quizás no lo sabías, pero fue de ti que lo aprendí. Y me asustó amar tanto, me llenó de angustia. ¿Qué significa eso? me pregunté a mí mismo. Qué es eso que me hace beber cuando no quiero. Bailo con otras y luego pierdo interés. Y todo lo de Agustín. ¿Cómo puedo olvidar el tiempo que le has amado?

Varias noches tuve que salir porque no podía dormir y no podía soportar quedarme en casa despierto, pensando. Las peleas de gallo con Agustín, el dinero que he perdido en el juego, todo lo hacía para olvidar. Es por eso que no venía a verte. Cuando murió mi madre, mi padre me solía decir que una parte de ella vivía en mí. Es por eso que bailaba de esa manera. Bailaba por dos. Pero en cambio, cuando murió mi padre, una parte de mí murió con él. Es normal. Todo el mundo me lo decía. Algo había muerto, como si un largo invierno lo hubiese matado para siempre. Y entonces, me acordé de ti, mi amor. Tu cara se me aparecía de repente y no sabía hacia dónde huir. Pero más tarde me di cuenta de que no se trataba de huir de ti sino de que ya no estaba solo y de que nunca más lo estaría mientras te amase. Mientras te amase. Puedes dejar de amarme y quizás algún día lo hagas. No te culpo. Sé que te he hecho daño. Sé que no he estado contigo cuando me necesitabas. Sé lo que soy. Pero nunca dejaré de amarte —eres mi única raíz en este mundo. Nunca.

Dos: Esto es lo que ahora debo decir.

Esto es lo que ahora debo decir. De todas las muertes que he sobrevivido, ésta es la más dura de recordar, la que no acepto, no sin la evidencia de un cadáver.

Una noche en que Manolo surgió de la nada y yo había estado de nuevo esperando, de la nada me oí a mí misma decir, Ya no te quiero en mi vida, Manolo. De los oscuros ojos de Manolo brotaron lágrimas que, en vez de gota a gota, descendían como un riachuelo de cada uno de sus ojos.

¿Por qué he tenido que conocerte? dijo en una voz casi inaudible, sin mirarme, como si se lo estuviese preguntando a sí mismo y no a mí, así que no contesté. ¿Te arrepientes de ello? Le pregunté. Fue el momento en que más cerca estuvimos de romper, con esas ásperas palabras, las palabras nunca habían sido la mejor manera de comunicar entre nosotros.

Puso sus manos en la frente y se cubrió los ojos como cuando tenía resaca y cualquier sonido retumbaba en su cabeza. Permanecí de pie con las manos en las caderas. Sabía que le estaba mirando sentado torpemente en un banquillo, empequeñeciendo cada minuto que pasaba y yo cada vez más grande y más mala como Afrodita. No me gustaba aquello. Quería proyectar algo que no fuera miedo. Miedo era todo lo que los tres parecíamos llevar por dentro, todo lo que cada uno provocaba en el otro. Voy a llamar a Agustín, dije. Los tres deberíamos hablar abiertamente de una vez por todas. Estoy harta de ustedes dos.

¿Y de qué vamos a hablar? preguntó Manolo, alzando la cabeza. Le di la espalda. El miedo y el amor juntos enceguecen.

Por un momento quedamos en silencio, y cuando dijo, amor mío, cada palabra parecía pesar una tonelada. ¿A quién llamas tu amor? pregunté. ¡No me llames así nunca más! Y entonces, sin pensarlo, dije de nuevo, ya no te quiero, ¿me oyes? Ya no te quiero.

Nos miramos, como si una araña venenosa tejiese una telaraña entre nosotros y si uno de los dos se moviese, moriría. Se arrodilló y suavemente, como un cojín cayendo al suelo, se dejó caer hacia adelante. Sus brazos abrazaron mis faldas y lloró en ellas, empapando los pliegues de satín. Trata de entenderlo. Por favor, amor mío.

¿Qué quieres que entienda? pregunté. Quería saberlo. El bato de Manolo había encomendado su hijo a Agustín, pero tampoco Agustín era libre de estar conmigo, tampoco era como si Manolo le estuviera robando a Agustín su esposa-fantasma en España. Se trataba de mí. Carmen. La mujer que pertenecía a nadie y a todos en un momento u otro porque a fin de cuentas, sólo me pertenecía a mí misma. Había elegido estar únicamente con Manolo, pero nadie parecía estar interesado en mi decisión, y Manolo estaba preso entre dos lealtades.

Su largo pelo rizado caía suelto y brillante como algas bajo el agua. Pasé mis dedos entre sus cabellos. ¿Qué pasa? dije de nuevo tras un instante, con voz desapacible. Cuando parecía que se había calmado, pero con su cara todavía mojándome la falda, dijo, No puedo tenerte.

Esperé que dijera algo más pero eso fue todo.

¿Tan monstruosa soy para que no luches por mí? Le pregunté a Manolo cuando dejó de llorar, quizás demasiado abruptamente para que yo tomase en serio sus lágrimas. No se equivoquen. En aquel momento me conmoví, pero sólo porque un hombre llore de rodillas, no hay que sentir lástima por él. Manolo extendió los brazos hacia mí y me hizo agachar, quitándome el leotardo de manga larga sobre mis hombros. Me costó agacharme porque llevaba el aparato ortopédico, así que yo misma me acomodé en el banquillo, mis faldas húmedas flotando a mi alrededor como una hoja de nenúfar.

No, dijo. No… hiciste que fuera fácil amarte e imposible dejarte. Y me besó fuerte con sus labios apretados contra mi boca. Se levantó, agarró su abrigo sobre la cama y se marchó sin decir palabra alguna. Permanecí largo tiempo sentada en mi hoja de nenúfar.

Le odié. Odiar a Manolo tenía sentido ya que le amé, y aún más importante, él me amó. Me fijé en mis uñas y alcancé una lima. Normalmente en un momento como ese bebo pero esta vez me hice la manicura. Manolillo volverá, me dije a mí misma. Se había ido innumerables veces y había vuelto innumerables veces como un planeta recién descubierto que astrónomos tratan de decidir su rumbo, su nombre, si en realidad existe o si es simplemente una ilusión. Algún día volvería y se quedaría.

Lo supe entonces y lo sé ahora.

Tres: No me gusta el dolor, para nada.

No me gusta el dolor, para nada. Ni siquiera me gusta hablar de él pero a veces una se siente mejor si se queja, si lloriquea, si de vez en cuando gimoteas un poco. Así que un día le digo a mi madre que me siento fatal, fatal todo el tiempo, incluso durmiendo y aún peor cuando me despierto. La miro y empiezo a llorar.

Desde que comencé a sufrir el dolor que por mucho tiempo no había sentido y que no pensaba que sentiría de nuevo porque era fuerte e inteligente y joven y podía ahuyentar el dolor con el baile, había estado intentando descubrir una manera de escaparme de la frialdad que es la agonía permanente de mi cuerpo.

Hay días mejores, como se dice. En esos días me levanto y hago algunas cosas. Lo celebro y me hago un café expreso. Preparo un pescado al horno, huachinango o salmón, para Amá y para mí. Le añado dos papas y hago una salsa de mantequilla con limón, aunque ella es quien acaba de prepararlo todo porque para entonces algo me duele demasiado.

Vicky o alguna otra amiga soltera —por alguna razón sólo tengo amigas solteras que se toman el tiempo de visitar a mujeres solas como nosotras, mujeres sin obligaciones con los hijos o actividades con sus parejas— puede que venga con una película de vídeo. ¿Qué más quieres que traiga? preguntará alegremente la amiga por teléfono, y pasaremos el rato hablando mientras pasamos la película porque ya no me interesan las películas ahora que echo de menos mi vida.

Empiezo a sollozar de repente, como dije. Justo ahí en la sala y Amá no dice nada, ni siquiera se mueve. Seguro que tarde o temprano me reprochará esta debilidad mía, pero estoy demasiado hundida en mi dolor para echar atrás. ¡Guarda las lágrimas para cuando muera tu madre! solía gritarme cuando yo era niña y me metía en mi habitación a berrear por algo que me había pasado. Mi Amá me enseñó hace mucho tiempo que las lágrimas no sirven para nada y no llevan a ninguna parte y por lo que sé, tenía razón.

Estoy recostada en el sofá cubierta con una de sus mantas acrílicas y ella está sentada en su silla favorita. Estábamos viendo a una joven Barbara Stanwyck en el canal American Movie Classics. Amá había quitado el sonido de la televisión, pero seguía mirándola. Pasan algunos minutos interminables con sólo el ruido de mis sollozos y entonces veo sus pesados párpados y sus ojos negros enrojecidos desbordados en lágrimas que ella preferiría no verter, no por su hija que está a punto de darse por vencida, no por la niña flacucha que luchó por vivir y creció y se convirtió en una mujer incontrolable y voluntariosa, lo cual para su familia parecía un gran festival folclórico húngaro. Amá no puede malgastar sus lágrimas en esto. Quiere que me levante y ande, que la lleve a la tienda. Que salga y encuentre un marido, que tenga hijos, uno o una docena. Carmen, te gusta leer mucho, ¿por qué no te haces escritora? ¡Para eso no tienes ni que salir de casa! Ha sugerido que escriba libros para niños; le dijeron que eso daba dinero. ¡Hazte una escritora famosa como esa mexicana que escribió una novela sobre la comida! ¡Qué película más bella! dice, ¡imagínate comer rosas! ¡A todo el mundo le gusta comer! ¡Escribe un libro de recetas! No tienes que esforzarte mucho para ello, dice, y de tantos libros que has leído ya debes saber cómo escribir uno.

Dejé de llorar cuando oí el primer sollozo de Amá. Nunca la había visto llorar, nunca, sólo un pequeño sollozo en el funeral de su madre en Texas justo cuando el ataúd descendía. Incluso entonces se cubrió la cara con ambas manos así que de hecho, no pude verla. Imaginé que eso es lo que estaba pasando porque su cuerpo temblaba como si la atravesase una pequeña descarga eléctrica. Pero enseguida paró.

Ahora también ha dejado de llorar, y saca un arrugado pañuelo desechable del bolsillo de su delantal para sonarse la nariz. Ay, hija, dice tras recomponerse. Debes ser fuerte o no mejorarás. ¡Ay, hija! Repite. Tú no sabes —si pudiese librarte de ese sufrimiento, lo haría. No sabes cuántas veces lo he pensado, cuántas veces a lo largo de los años. Da un largo, pesado y triste suspiro, guarda el pañuelo en su delantal y agarra de nuevo el control remoto.

Cuatro: Fue nuestro último trabajo antes del . . .

Fue nuestro último trabajo antes del verano, cuando Agustín, como de costumbre, se marcha a España. Mi participación en el espectáculo se había reducido a un breve solo y a permanecer sentada el resto del programa, dando palmas, gritando olés y luciendo bonita, aunque también un poco cansada, junto al resto de las mujeres en el escenario que tal parecíamos un ramo de orquídeas marchitas en una habitación sin aire acondicionado.

Manolo había regresado. Deberíamos ir a España, dijo un día.

Empezaremos de nuevo, tendremos una familia. Estuve de acuerdo. Teníamos que irnos lejos para poder luchar juntos. A pesar de las palabras tranquilizadoras de Manolo, notaba que era muy discreto conmigo cuando había alguien cerca, incluyendo a Agustín. Ya yo ni siquiera me hablaba con Agustín. Su relación con Courtney era bastante estable, así que parecía que las cosas iban saliendo bien.

Ya que obviamente no ganaba suficiente dinero con el baile para poder hacer ese viaje, tomé un trabajo a tiempo parcial sirviendo refrescos en una sala de cine. Sudaba mantequilla artificial por los poros pero no me importaba. Todo me parecía bien mientras se tratase de poder ahorrar dinero para irme y empezar una nueva vida junto a Manolo. Él bailaba regularmente en restaurantes y bares y hacía giras por todo el país. Una de las veces que estaba en la ciudad, Manolo me sorprendió en la puerta del cine cuando salía del trabajo. Así es como era la cosa entre nosotros, sorpresas y besitos y sin preocuparnos de nada. Aunque no aceptaría dinero de un hombre para mis necesidades o mis caprichos, cuando no podía venir a recogerme, insistía en darme dinero para el taxi al trabajo. No quería que caminase tanto o por lo que pudiese pasarle a una mujer con una pierna enjaulada caminando sola por la noche, aunque le decía que eso es lo que he hecho toda mi vida. No con él, dijo.

Me preocupé por Manolo una noche en que no se presentó a bailar, pero como Agustín no parecía preocupado por su ausencia supe que él estaba al tanto de Manolo. Así eran ellos uno con el otro, alcahuetes, como mi madre los llamaba, amigos y socios en todo. La palabra alcahuete no sólo es una palabra castellana es mexicana, se remonta a los aztecas, dice mi madre, y estoy segura de que está en lo cierto aunque no sé de dónde lo ha sacado.

Agustín me diría cuándo estaría listo, estaba segura. Antes de que amaneciera, lo diría, quizás indirectamente para torturarme pues se sentía celoso. Me dio lástima así que me mordí la lengua. Agustín no puede hacer nada para evitar perderme o perder a Manolo, pensé. Tendrá que aceptar la realidad.

Sin embargo, Agustín anunció que tenía que irse a España antes de lo que había planeado porque ese verano su gira comenzaría inmediatamente. Hasta la vista, pensé.

¡Fantástico! alguien dijo, ¡para ti y para Manolo!

No recuerdo quién activó la alarma en mi cabeza sin darse cuenta, sólo dijo lo que sabía. Seguramente quería decir que Manolo a lo mejor actuaría en alguna ocasión con Agustín a España, me dije a mí misma. Pero no que *iba* con Agustín porque Manolo y *yo* íbamos juntos, no inmediatamente sino cuando tuviésemos dinero. Agustín no tendría que ver nada con *nuestro* viaje. Manolo y yo hablamos de eso.

¡Es muy solicitado ese chaval! dijo Agustín. Tenemos muchas ofertas para bailar. No aceptaría el trabajo sin él y él me dijo que no aceptaría ninguno sin mí —¡somos un equipo dijimos a todo el mundo! En ese momento Agustín me miró, sólo por un segundo.

Tan pronto como salí del club esa noche fui a buscar a Manolo, pero no inmediatamente, sin alterarme. No le daría a Agustín esa satisfacción. Cuando estuve lista, ropa y maquillaje empacados, por primera vez me dirigí al apartamento de Manolo, al que no había nunca antes ido porque Manolo es un hombre al que no le gustan las preguntas, y mantenerse lejos del hogar de un hombre es la mejor manera de evitar hacerle preguntas. Me dijeron que no estaba. Fui a casa y llamé cada quince minutos sin respuesta alguna.

Ya tarde en la noche, empecé a perder confianza y llamé a Agustín pero tampoco nadie contestó. Marcaba su número y luego el de Manolo pero no pude comunicarme con ninguno en toda la noche. Así fue también durante todo el fin de semana. ¿Cuándo volverán, lo sabe? No, nadie sabía nada. Preguntar a alguien sobre tus amantes era de hecho una mala señal.

Finalmente, una noche, encontré a Manolo jugando al billar en uno de sus bares favoritos. Ni siquiera sabía que yo estaba allí hasta que me planté justo detrás de él y lo hice girar cuando estaba a punto de tirar. Oye Manolo, dijo uno de los tipos allí, un joven calorró con barbita. Esta debe ser la Carmen. Sí, dijo Manolo algo avergonzado. Una mujer en la que no me había fijado se acercó. ¿Quién eres? Me preguntó. ¿No oiste? Le pregunté. Soy Carmen. No te metas, le dijo Manolo antes de que ella pudiese responder. Me tomó por el codo para acompañarme fuera del bar.

Nunca había estado en ese lugar aunque sabía de él porque Agustín me había dicho que era un nido de víboras donde él y Manolo iban a jugar. ¿Quién era esa víbora? pregunté a Manolo cuando salimos. No me miró, aunque yo estudiaba su cara como si fuera un mapa de carreteras que me indicara dónde nos encontrábamos. Le miré a la cara pero desvió la vista. No importa, me dijo y prendió un cigarrillo. Se lo sacudí de la mano con un palmetazo. A ambos nos sorprendió mi rabia. Manolo, ¿es cierto que te vas a España con Agustín? ¿Es esa tu decisión? ¿Lo prefieres a él antes que a mí o qué? Estaba tan furiosa que quise estallar en llanto. Al igual que cuando tuve polio y los demás niños se burlaban de mí por ser lo que era. No lloré. Cerré los ojos muy fuerte hasta que se me quitaron las ganas de llorar.

Claro que no he escogido a Agustín, dijo. Pero seguía sin aún mirarme. ¡Mírame! le grité, y al instante varios calorrós salieron del bar para ver el espectáculo, incluyendo la víbora.

Carmen por favor, dijo Manolo. Agustín y yo —somos familia. ¿No lo entiendes? ¿Cómo quieres que olvide el pasado de ustedes juntos? El todavía te quiere . . .

Sólo quería marcharme. Pero como tantas veces en mi vida, me sentí avergonzada de que me viesen mi torpe andar, me quedé ahí mismo. Quizás debí haberme dado cuenta de que lo que era vergonzoso era la torpe situación en la que me había metido esa noche. Al fin Manolo me miró. Me miró como diciendo, ¿Okay? ¿Puedo irme ya?

Le di la espalda y vi la parada de camión en la que debía esperar para regresar a casa. Parecía estar mucho más lejos que cuando me bajé en ella. ¡Oye Manolo! dijo uno de los tipos. ¿Juegas o no? La víbora se rió fuertemente y volvió a entrar. Vi a Manolo girar lentamente y entrar sin decir palabra.

Manolo siempre tuvo el mejor caminado.

Cinco: Durante mis días de ermitaña en el desierto...

Durante mis días de ermitaña en el desierto descubrí en una vieja iglesia una pintura de San Sebastián que tenía un raro parecido con mi amor perdido, así que empecé a ir a misa. Incluso me confesaba. Quería hablar con alguien sobre Manolo. Un sábado, cuando el cura salía del confesionario le mostré lo mucho que se parecía Manolo a San Sebastían, la agonía con que sus ojos buscaban el cielo. Mi novio también tenía esa mirada, ¿ve? le dije al cura. Dije novio porque realmente no sabía cómo referirme a Manolo, aunque cuando ya se tiene cierta edad, la palabra "novio" inevitablemente te hace sonar absurda. El cura observó la fotografía que saqué de mi bolso y seguidamente la pintura. Hija mía, dijo al fin, rascándose su cabeza calva, a lo mejor deberías encontrar a alguien, casarte. Hay mujeres que no deberían estar solas mucho tiempo. No es bueno para ellas.

Echo de menos a Manolo y todavía lo veo por todas partes. ¿Qué estás mirando? me preguntó el otro día Amá cuando contemplaba una de mis tortillas oblongas que acababa de sacar del comal. Juraría que veía el perfil de Manolo en las marcas del tostado. Mi madre me miró de la misma manera en que me había mirado el cura, con lástima. Entonces pensé que quizás lo que había sentido por Manolo todos esos años no era amor sino una fijación dañina. (Una *obsesión* probablemente es lo más correcto pero me siento un poco mejor si digo simplemente una *fijación*).

A fin de investigar ese vistazo introspecto de dudosa objetividad, pedí cita con el terapeuta al que consulté pocos años atrás, el mismo que me recomendó tomar clases de cerámica como una alternativa al baile. Ciertamente lo de consejero vocacional no era lo suyo, pero por lo poco que sé sobre terapeutas, ¿cómo podía realmente saber si era bueno si era el único que he conocido? Tenía la consulta en la clínica gratuita, así que pensé que al menos era mejor hablarle a él que a mí misma.

Los mexicanos, por muy supersticiosos que seamos, practicantes católicos o no, no acostumbramos a confiar en los psicólogos. Pero yo si confíe y lo haría de nuevo. De todos modos, yo no soy realmente mexicana, me dije. Miré a mi alrededor como si alguien me estuviese hablando por encima del hombro. Ese era el tipo de extraño pensamiento que cada día surgía en mí. Una gran crisis de identidad. No soló porque tenga cuarenta años pero porque tengo cuarenta años y me estoy derrumbando.

Luego están las cosas que la gente saludable también se pregunta a los cuarenta años cuando sus sueños profesionales se han desmoronado. Cuando ni siquiera tienen un trabajo. Bueno, muchos americanos saludables no tienen trabajo, dijo mi voz. En cierto sentido, sin embargo, no creo que la mayoría de los norteamericanos acabe haciendo trabajitos como mi amacita y yo, o terminen en un taller ilegal donde tengan que mostrar sus pasaportes o sufrir el riesgo de ser deportados. ¿Cuántos norteamericanos *temen* ser deportados de los Estados Unidos? No seas naif, dijo la voz o quizás fue Vicky en una de nuestras conversaciones. Yo no soy mexicana, dije. Sí lo eres. Si luces mexicana, si caminas como una mexicana, si hablas . . .

Veo al terapeuta sólo un par de veces antes de que convengamos que terapia no es lo que necesito. Su último consejo es, Escribe tus sueños. Ya no sueño, le digo. Me mira, prende un cigarrillo y dice, Claro que sueñas, todo el mundo sueña. Yo no, digo. Estoy segura. Sí sueñas, sólo que no te acuerdas, dice. No sé por qué mi terapeuta piensa que voy a terapia para mentir pero me molesta que sea tan suspicaz. Su oficina es un pequeño cubículo sin ventanas en el sótano de una clínica pública. Fuera se oyen bebés llorando, empleados gritando a todo el mundo, SEÑORA TOME UN NÚMERO NO OYE QUE LA ESTÁN LLAMANDO ¿ALGUIEN HABLA PUNJABI? Ni un sofá cómodo donde reclinarse, ni un hombre en traje de tweed con acento austríaco y un monóculo tomando notas tal como se ve en la televisión. Sólo esto: un reguero de papeles por todos lados. Cientos de formularios a rellenar para asegurarse de que la ciudad le reembolse por mi visita. Una fotografía de su mujer e hijo encima de una pila de papeles sobre un radiador frió tras él. Ella parece sencilla, como él. La niña se parece a ellos.

Toma otra bocanada y dice, lo sé, pero él bebe no nos deja dormir. Estoy hecho polvo. Ella no duerme por la noche, tiene un perenne dolor de oído. Mi terapeuta suspira, toma una última bocanada, y saca otro cigarrillo. Necesito otro trabajo, dice. Años atrás solía soñar, digo, tratando de retomar la conversación, que creo que se trata de mí. ¿Ah sí? dice. ¿Con qué soñaba? Mira su reloj, me mira a mí y tamborilea con su lápiz sobre el escritorio. No está tomando notas. No sé, digo. Pero eran sueños agradables, lo sé. Yo también miro mi reloj.

Estuve yendo a terapia varias semanas hasta que me dijo que buscaría un grupo de apoyo para mí. Había un hospital en el centro que organizaba un grupo de apoyo para personas con síndrome postpolio. Gente como yo, en otras palabras, un poco neuróticas pero con verdaderos problemas de salud. De hecho había varias personas como yo en la ciudad. ¿Un grupo? Pregunté al principio, Pero eso no es una solución, ¿verdad? Bueno, al menos pueden hablar el uno con el otro sobre ello, dijo. Sí, dije. Las desgracias compartidas pesan menos.

Buena suerte, dice cuando me levanto para salir tras haber rellenado los formularios de rembolso.

. . .

Vicky dijo que iría conmigo al hospital donde se reunía el grupo. Ella no ha vuelto a sufrir polio como yo en los últimos años, pero, sin embargo, cree que se está quedando ciega. Vicky siempre ha sido un poco paranoica. Todo le va muy bien, con muy buen sueldo y bonos, un coche nuevo cada año, una reina *muppie* y sin fundamento, siempre anticipa lo peor. Dice que un doctor al que solía acudir nunca había oído que la ceguera podía ser una de las secuelas del polio, pero no hay manera de saber qué horrores nos esperan y decide que asistir a un grupo de terapia no puede hacerle ningún daño. Iría incluso con la única excusa de acompañarme.

Hasta que me quede ciega, dice.

Estuvimos yendo al grupo de apoyo durante un tiempo cuando una noche todos estábamos alterados acerca del impacto del abandono en la vida de la gente. Uno no sólo niega sus propias limitaciones, dijo una sábelotodo del grupo, sino que además no aceptamos lo mucho que nos ha dolido el *abandono* de la gente.

¿Cómo quién? Pregunté. Todo el grupo se echó a reír, no a carcajadas pero por lo bajo. Al menos, *sentí* que se reían de mí. Con excepción de Vicky que reviró los ojos, y no supe si era por mi o por el grupo.

Miss Sábelotodo se tomó la libertad de pasarle revista a mi vida. En realidad ella no me caía bien pero tengo que admitir que era mejor que el terapeuta gratuito de la clínica. Tenía el tipo de sentido común por el que no te dan licencia de psicoanálisis. Bueno, veamos, recapitulando lo que nos has contado ... Están esos dos gitanos con los que estabas enredada, empezó, mostrando dos dedos y contando.

Vicky viró de nuevo los ojos y esta vez supe que era con relación a mí. Si estaba cansada de escucharme tratar de entender por qué los dos amores de mi vida me habían dejado sin ni siquiera despedirse, me lo podía haber dicho hace tiempo a solas.

Creo que fue tu instructora de flamenco, continuó diciendo mi colega del grupo de apoyo. ¿No mencionaste algo sobre cómo podía ser que tras cinco años de ser tu profesora se marchase a España sin interesarse más de cómo te iban las cosas? preguntó.

Considerando de que éramos ocho personas allí, la sábelotodo tenía una memoria impresionante. En los dos meses que Vicky y yo asistimos a terapia de grupo había ido soltando mis lamentos en pequeñas dosis durante cada sesión, empezando por mi separación de Manolo.

Le expliqué a todos cómo Manolo y yo sentimos un amor más allá del tiempo, sin enfocar en el hecho de que hacía tiempo que no sabía nada de él. Tarde o temprano todos los protagonistas de mi drama salieron a relucir: el villano Agustín y la archivillana Courtney. Disfruté la oportunidad de tener una nueva audiencia. Vicky a menudo soltaba una tosecita para indicarme que estaba yendo demasiado lejos, pero a mí no me importaba. Quería que Manolo regresase conmigo y si la única manera de conseguirlo era invocándolo en mi memoria, lo haría.

Sabía que necesitaba ayuda. Es por eso que estaba allí.

Pero cuando la sábelotodo repitió algunos detalles que yo había comentado, no me parecieron agridulces sino más bien embarazosos.

El peor abandono, tal como yo lo veo, dijo otra, fue el de su madre.

¿Mi madre?

Déjame decirte, señaló uno de los hombres del grupo, *todo el mundo* sufre del abandono de su madre. Es el intríngulis de la civilización occidental tal y como la conocemos, no es gran cosa . . .

Y antes de que pudiese imaginar a que se refería, otro miembro del grupo empezó a llorar y ya nadie quiso continuar hablando.

Una noche, tras mi terapia de grupo, vi a un gusano comerse a todos los hijos que había incubado —o como sea que se reproducen los gusanos. Lo vi en uno de los programas sobre la naturaleza de la televisión pública cuando Amá ya se había ido a dormir y me dejó el control remoto. Sólo sobreviven las hembras. Los machos crecen dentro de la madre y se convierten en sus *parejas,* fertilizándolas desde el interior.

Me pregunto qué tipo de producción dramática se realizaría si la historia del gusano se trasladase a las mujeres. El conflicto creado por el abandono se resolvería cuando la mujer se comiese todos sus hijos machos, quienes, una vez en su interior, se convertirían en amantes sin posibilidad de escape.

Quizás hable de ello con el grupo de apoyo la semana siguiente.

Pensándolo bien, quizás no.

Capítulo 8

Uno: Me hubiese gustado un cuarto con vista...

Me hubiese gustado un cuarto con vista pero lo único que se veía desde mi cama era la otra ala del hospital al otro lado del estacionamiento. Sé que hay un parque allá fuera en alguna parte pero tal vez los cuartos con vista al parque solo se los dan a la gente que tiene seguro médico.

Estoy ingresada debido a que tropecé contra lo que los médicos llaman el muro de la polio. Una noche fui yo y no Amá quien despertó sin poder respirar, yo y no mi madre quien pensó que sufría un infarto. No sé si la presión de mantenerme a la par con las narices de cascabel causó mis problemas cardiorrespiratorios pero algo detuvo el funcionamiento de mi cuerpo al final de un largo verano de costura y ahora que estoy aquí, me dicen que debo descansar.

Una se deprime porque te la pasas sin hacer nada, Amá me dijo una tarde, sentada a mi lado tejiendo un gorro de invierno. Espero que no sea para mí. Está usando las sobras de estambre acrílico de diferentes colores. Se las llevó del chino. Mírame, dijo mientras seguía tejiendo. Siempre me mantengo ocupada. Sé que si paro me enfermaría.

Estoy deprimida por que ya no puedo hacer nada al respecto, dije. Tomé el control remoto y empecé a cambiar de canales continuamente hasta que Amá me dio una mirada de para de hacer eso.

Antes pensaba que el baile no era bueno para ti, dijo al cabo de un rato. Pero últimamente pienso que eso es lo que te mantenía activa. Quizás necesitas volver al baile, hija. Te devolverá el ánimo. Usa la palabra ánimo en español en lugar de espíritu como se diría en inglés. *Ánimo,* como en animismo, donde el alma es un ente separado del cuerpo.

Cierro los ojos.

Mi espíritu baila en algún lugar. Mi espíritu siempre está bailando. Es mi cuerpo —mi cuerpo dilapidado y descontrolado— el que ya no baila.

Dos: Carmen la Coja está de vuelta...

Carmen la Coja está de vuelta, pensé al salir del hospital. Tiré la bata azul sin espalda con la que dormía y me puse algo rojo para dormir.

Llamé a Vicky. Comadre, le dije, acompáñame a ver el show al restaurante Olé Olé. Nos decimos *comadre* aunque ninguna de las dos tenemos hijos que bautizar, que es lo que te confiere el título de comadre. Desde nuestros días de estudiantes en la Escuela para Inválidos, nuestra cojera fue lo que nos unió. Desde que Vicky tiene que organizar el cuidado médico de Virgil en la casa, investigar métodos alternos de tratamiento y hacerle compañía, apenas socializa. ¿Resistirías ver una producción flamenca en la que tu no bailes? Preguntó. Mi comadre me conoce demasiado bien.

Le echo mucho de menos al baile, le digo y ella me entiende inmediatamente. En teoría estamos a la mitad de nuestras vidas. Todavía tenemos mucho por delante pero si no somos cuidadosas también tenemos mucho que perder día a día.

. . .

El Olé Olé no pretendía ser auténtico, ya que su dueño, de quien se rumoraba estaba involucrado en el tráfico de drogas, usaba el restaurante como un frente. Además, la comida que servían era estilo gringo-gaché Tex-Mex (que en Chicago llaman comida mexicana, pero en casa se come mejor.) En cuanto al espectáculo, le faltaba sinceridad como me esperaba. Pero tal vez sea debido a que Agustín me enseñó a no confiar en ningún bailarín flamenco que él no haya bendecido. Pero lo que más me molestó fue que todos los bailarines eran desconocidos y ninguno parecía tener más de treinta años.

Excepto por un cantaor maduro, muy bueno por cierto, a quien presentaron como invitado especial directamente de Granada y que anunció estaba celebrando sus sesenta. Cantaba como el más viejo y triste cuervo del mundo —lindo, lindo— y me hizo recordar y recordar hasta que ya no quise recordar más y me arrellané en la silla para disfrutar del espectáculo.

Casi todos los que conocía se habían marchado. Mis viejos

amigos Rocío y José tuvieron un bebé y se mudaron a Nueva York. Agustín vivía en Cádiz, por lo que yo sabía, que igual pudiera ser en Júpiter por lo que a mí concierne. De cualquier modo, para mí España era un mito. Pero casi me atraganto con una tortilla cuando vi a Courtney salir al escenario. La gente que menos te importa nunca desaparece. Vicky y yo estábamos a mitad de nuestra cena cuando nos sorprendió viniendo directo a nuestra mesa durante el intermedio. Nos besó y se sentó. Vicky y yo intercambiamos una mirada.

¿Quieren vino? Preguntó Courtney. ¿Por qué no? dije con una sonrisa. Se dirigió al bar a ordenar. A los diez minutos regresó con una botella de vino en la mano y con el cantaor que traía las copas y lo invitó a sentarse en la mesa. Carmen la Coja fue una bailarina fabulosa, aunque no lo creas —¡por *años!* le dijo. Él asintió con la cabeza. En general se veía muy elegante en su traje negro bien planchado, camisa blanca, cuello desabotonado, vestido de gitano de pies a cabeza. Tú bailabas con Agustín, ¿verdá? preguntó con su fuerte acento andaluz.

Asentí. Yo antes bailaba, punto, quise decir. Yo antes bailaba y bebía y movía las muñecas. Yo antes hacía el amor. Yo antes me enojaba y le gritaba a Agustín como si fuera un niño. Yo antes lo traicionaba todos los sábados por la noche con su ahijado quién me traicionó a mí porque regresó a España con Agustín quien a su vez me traicionó con esta gachí sentada junto a mí. Traiciones por todas partes. Ellos antes vivían en un condominio que pagaban los padres de ella. Ella, que me puso las peras a cuatro y me presionó tanto que me sacó del espectáculo, un espectáculo como el de esta noche, pero infinitamente mejor. Pero ya qué importa nada de eso. Sí, es todo lo que dije.

El cantaor meneó la cabeza. Y abrió los ojos como si de pronto todo cobrase sentido en el grueso archivo de su memoria. ¡Ojú! Dijo.

¡También bailabas con Manolillo! ¡Ay! ¡Manolo! Sonrió moviendo la cabeza. ¡Es tremendo! Se volvió hacia Courtney: Se fue de España —¿qué es de su vida? Vicky y yo nos miramos de nuevo. Courtney encogió los hombros pero era obvio que sabía algo. El cantaor mantuvo su mirada en ella y nosotros también. Está aquí, dijo. Todos miramos a nuestro alrededor. Bueno, al menos eso es lo que me han dicho. Quizás solo sean rumores, añadió. Todos la miramos. ¿Qué? Cambió la vista como si la hubiésemos hecho sentir culpable de algo. ¿Quieres decir que no has sabido nada de él, Carmen? Le presenté mi mejor cara de jugador de póquer, a pesar de que al escuchar el nombre de Manolo el ojo izquierdo me comenzó a temblar como señal de nervios. Courtney sabía que, por orgullo, no le preguntaría nada.

El cantaor me sonrió como si acabara de recordar algo y se dirigió a mí para decir, En Sevilla sabíamos de *ti* —y como bailabas a pesá de tu mala suerte.

Nunca nadie había llamado a mi pierna mala suerte.

Agustín se sentía muy orgulloso de ti, sabes. ¡Te convirtió en una leyenda! Soltó una risa gutural y bebió su copa de vino tinto de un solo trago. Se volvió hacia la Courtney. ¿A qué hora es la próxima función?

Ella le dijo que faltaban unos minutos, me dio un codazo y dijo, Oye esto. Cuéntale de Agustín en Sevilla. El cantaor titubeó. Obviamente no quería caer en chismes, pero hizo una mueca de, ¿qué daño puede hacer? Su mujer es una bailarina extraordinaria —bailaron juntos por años, dijo.

Courtney sonrió afectadamente. Sabía que nadie de este lado del océano sabía que la mujer de Agustín era bailarina ni que cuando él regresó a España actuaron juntos. No fue a pastorear ovejas ni a recoger aceitunas ni a tejer cestas ni a lo que sea que su familia hace para ganarse el sustento, siendo el honorable esposo y yerno campesino que siempre dijo ser.

Ella sabía lo bueno que eran Agustín y tú sobre el tablao. Tenía celos de ti, dijo el cantaor. Que sorpresa, pensé. Desde que me echó la maldición, más bien lo que tenía eran ganas de verme muerta.

Con tantos niños, no podía seguir a Agustín en las giras, continúo. Vicky soltó una risita, pero yo no pude mirarla. El cantaor dio un golpecito en su copa, esperando que se la llenaran de nuevo. Courtney le sirvió otro trago y se miraron libidinosamente y ella le puso la mano en la rodilla del cantaor. Y pensé, Bueno, ¿y por qué no?

¿Qué niños? Pregunté. Pensé que se refería a los niños de la aldea, los niños del clan, los niños de la familia de Agustín.

¡*Sus* hijos! dijo el cantaor.

¿Tienen hijos? Preguntó bajito.

¡Ojú! ¡Esa mujé salía preñá to' los años! dijo, tomando un sorbo de vino. Era una chavalilla cuando se casó con Agustín. Esa es la costumbre. Y to' los años salía preñá. Pero no to' los hijos sobrevivieron.

¿Cuántos? Preguntó Courtney. ¡Dile cuantos hijos tienen Agustín y su mujer!

Nuevo, creo. Un par de gemelos, dijo guiñándole un ojo a Courtney. Me parece que son nueve, pero puede que sean más. ¡No es fácil llevá la cuenta en esa familia!

Agustín te dijo que su mujer no podía tener hijos, ¿verdad? Me preguntó Courtney. Asentí con la cabeza y cambié la vista. Froté mis muñecas adoloridas pretendiendo que había perdido interés en la conversación. A mí me dijo lo mismo, dijo Courtney con una expresión de disgusto.

¡Ay! ¡Que Agustín! Exclamó el cantaor. ¡Es terrible, terrible! Y se rió porque *terrible* para él no quería decir terrible en absoluto sino algo admirable en un hombre.

Courtney le agarró la mano. Véngase, guapo. ¡Es hora de bailar! Se pusieron de pie y después de besos y despedidas él se volvió hacia mí y me susurró, Encantao de conocerte al fin. ¡Eres una leyenda en mi patria, sabes!

Tres: Lo que no me mata me hace vomitar.

Lo que no me mata me hace vomitar. Ay, todavía me acuerdo del color de cada uno de los hilos del chaleco de brocado de Agustín, su chaleco "de la suerte", y el gesto nervioso con que se peinaba sus hirsutas cejas antes de cada espectáculo. Sé que le gusta fumar y beber al mismo tiempo. Pero cuando chequeo mi cuentamillas emocional veo que ya no siento nada por Agustín. Se le acabó la gasolina. No sé lo que es, pero ya no lo siento en mi corazón. La revelación del cantaor sobre las mentiras de Agustín selló el ataúd. Pienso en esto a veces cuando trato de ignorar el programa de sucesos insólitos de la televisión en español que veo con Amá mientras cenamos. Presenta reportajes sobre el niño que nació con pezuñas en una remota aldea de Ecuador o los cerdos mascotas que se comieron a la madre de un tipo extraño en Miami o el video borroso que tomaron unos paparazzi de una sirenita desconocida tomando el sol con Luis Miguel en Puerto Escondido.

Sé incontables cosas de Agustín que en un tiempo encontré atractivas o repugnantes o me hacían sentir todo lo que una puede sentir por un ex amante sin volverse loca. Pero ahora son solo frivolidades biográficas sobre Agustín —un hombre que conocí— a la venta al mejor postor, pero nadie quiere comprarlas.

No me sorprende.

Cuatro: No he ido a una fiesta ni pasado un buen rato...

No he ido a una fiesta ni pasado un buen rato como solía hacer, cuando me reía hasta que se me saltaban las lágrimas, jugaba bromas, coqueteaba, robaba besos en la oscuridad, cantaba y zapateaba hasta la madrugada, en siglos. No me he puesto mi brillante falda de lunares blancos ni la de la cenefa de encaje negro. No me he atado el pelo en un moño en la nuca ni cuidadosamente arreglado los bucles alrededor de mi cara empolvada. No he sido mi antiguo yo, la que pretendía ser o la que quizas fuí durante la mayor parte de mi vida.

Cuando recibí una llamada de Homero, un antiguo compañero del grupo de baile, quien había regresado a dar un concierto y que no me necesitaba para bailar, dijo, solo tienes que dar palmas, sentarte y lucir bella, ¿vale? ¡Claro que sí! ¡Claro que sí! Dije.

Vicky dijo que compraría boletos para ir con Virgil, su hermano enfermo, que tal vez se animara a salir. Que bueno, dije. Lo había visto solo una vez cuando regresó de México después de muchos años de ausencia. Parecía un mártir cristiano de la antigüedad, pálido de tormento. Un par de miembros del grupo de apoyo estaban entusiasmadísimos de ver mi retorno, el que solo yo sabía que ocurriría algún día.

El día del concierto Homero, que da clases en Ciudad México en El Instituto de Flamencología, llama y me dice que su cantaora tiene dolor de garganta y que si fuese posible que yo cantara algunos números. Él sabe que yo me conozco casi todas las canciones. Cantábamos en las fiestas después de las funciones y él sabe que tengo buena voz, la voz que heredé de mi amá pero que nunca pensé que era tan buena como la de ella, quien pensaba que no era tan buena y que solo gustaba de cantar boleros a toda voz con Lola Beltrán en la radio de la cocina y silbar como un canario enamorado acompañando a Vicente Fernández, quien, según ella, todavía la hace sentir como una verdadera mujer.

Es mi última presentación, pienso. Tiene que ser, ¿quién si no un viejo amigo me pediría semejante cosa? Me siento agradecida de Homero. Te quiero, le digo dos o tres veces, por incluirme en tu programa a pesar de que no estabas obligado a hacerlo, hay otras cantantes —seguramente que cualquiera de ellas podría... No, insiste Homero, tienes que ser tú. Serás tan fabulosa como siempre, estoy seguro. Aquí todos te conocen. Estarás estupenda y nos divertiremos y después nos iremos a bailar hasta el amanecer.

Había enviado tres de mis trajes a la tintorería pues no sabía cuál me gustaría usar, quizás los tres, aunque no había posibilidad de meter mis pies en los zapatos y no iba a bailar de todos modos. Pero mi mayor problema era si iba a poder sentarme por dos horas seguidas en el escenario. Renové la receta de los analgésicos y decidí que la mejor manera de soportar aquello sería concentrarme en la música y en los versos que era lo que Homero necesitaba de mí, cerrar los ojos y no pensar en mi cuerpo, solo cantar, cantar con la misma confianza con que antes bailaba.

Que la pases bien, me dijo Amá, y tomé su casual despedida como una bendición. Amá no ha tropezado con un muro pero parece haber llegado a algún límite porque ya no tiene ánimos para nada. Nunca sale, ni al dentista guatemalteco, ni a comprar dulces ni chiles a escondidas, a ninguna parte. Apá dice que se quedará en casa para vigilarla. No se ha mudado a casa por completo, pero casi. Todavía duerme en la planta baja.

La pasaré bien y eso es todo, mi despedida de lo que realmente tenía importancia, al menos para mí. Algún día sentiré hambre de hacer otra cosa para la que sirva y en caso de que no sea así, mi hermano ha mencionado un par de veces que necesita ayuda en su kiosco de periódicos. Y en el verano puedes tener tu propio carrito de elotes, dijo Abel. No es un mal trabajo, a pesar de las dificultades. Los eloteros estarán sindicalizados para entonces, dice.

. . .

Quisiera poder decir que el entusiasmo de actuar de nuevo elevaría las endorfinas hasta el cielo y que no sentiría otra cosa que la emoción del momento, pero después de tres canciones tuve que salir del escenario por el dolor tan fuerte que me recorría la espina dorsal. Observo el resto del programa desde las bambalinas, reclinada en un viejo sofá de utilería.

Pero a pesar de esto, al cantar, haciendo mi debut como solista, alcanzo una especie de nirvana, como la que alcanzan los artistas cuando se alza el telón, tenores y malabaristas y narcisistas comunes y corrientes que disfrutan de tener la vista del público clavadas en ellos, observando cada movimiento, escuchando con atención cada palabra, y se sienten ay tan bien sobre lo que están haciendo y como lo están haciendo.

Al terminar, primero hay silencio, el tipo de silencio del público que te hace sospechar que has hecho el ridículo pero los has sorprendido con tu audacia y no saben como reaccionar. Pero unos tensos segundos más tarde el silencio se asfixia bajo un torrente de aplausos y chiflidos y bravos y finalmente siento una gran alegría de haber tenido el atrevimiento de venir a cantar en vez de quedarme en casa otra noche de sábado mirando la tele con mi madre.

Allí está toda la pandilla. El amigo de Agustín, el virtuoso Tomás de Utrera con un par de sus jóvenes protegés. No fueron solo mis amistades quienes se aparecieron al concierto, también vino la claque del Olé Olé. Luego, en la fiesta de recepción, quizás por mi inesperado triunfo, Courtney se comportó como si fuéramos viejas amigas, hasta que discretamente la amenacé con una golpiza sino paraba de robarme la atención de la gente. Vicky se acercó y se la llevó a un lado.

La polio de Vicky no es tan mala como la mía. Ni te das cuenta que la tiene hasta que da unos pasos. ¿Qué pasó con Virgil? le pregunto a Vicky. Me desilucionó no poder verlo de nuevo, no tener la oportunidad de conversar como en los viejos tiempos. Pero ya sabía lo mal que estaba. Virgil no tuvo la fuerza . . . Te envía todo su cariño, comadre, dijo Vicky. Y soltó un suspiro. Parece un ángel.

¿Qué quieres decir? Pregunté.

¡Que se está *muriendo,* Carmen! Dijo. Bueno, ya, dije.

Miré en derredor una y otra vez. Si Manolo, a quien nadie ha visto bailar en Chicago últimamente, está viviendo en Chicago, ganándose la vida como panadero en una panadería francesa o lavaplatos en algún restaurante yuppie, hubiera ido al concierto ¿No es verdad, Vicky? Pregunté a mi mejor amiga que sigue siendo mi mejor amiga porque no alimenta mi neurosis. Por eso, cuando me dijo, Cállate, no fue una crueldad de su parte sino simplemente lo que necesitaba.

Cinco: Quizás sea una limosna piadosa...

Quizás sea una limosna piadosa, pensé cuando recibí la llamada. Debo haber cantado peor de lo que pensé. Homero pensará que estoy a punto de morir y quiere tener un gesto amable conmigo, ponerme en el coro, darme la oportunidad de ganarme unos billetes, rescatarme del tedioso destino de trabajar en el kiosco de mi hermano. Homero llamó para ofrecerme la oportunidad de grabar con él en Los Angeles. *¿Grabar?* repetí.

Quizás sólo quiera llevarme a Disneylandia, como a los chicos con distrofia muscular de Jerry Lewis que solicitan monedas en esas latas que ponen junto a la caja registradora en los restaurantes. Me recuerda cuando Vicky, Alberto y yo nos escapamos una vez de la escuela para ir al Riverview Amusement Park. Ese parque de diversiones lo habían tumbado hacía tiempo, pero para nosotros, niños urbanos que éramos, no existía nada mejor. Habíamos ido allí de excursión una vez. Un viejo rico había costeado el viaje, nos dijo la maestra. Éramos su caridad favorita. Había un Tilt-a-Whirl y una Casa Encantada, a la cual se entraba directo por la boca de Aladino, con paredes cubiertas de espejos distorsionados y los pisos ladeados, y premios de tiro que nunca ganamos. Pero lo que más nos impresionó fue la exhibición de monstruosidades. A la puerta había un enorme afiche con caricaturas de la Mujer Gorda, el Medio-Hombre, y el más deprimente de todos, el Niño Langosta que tenía tenazas en lugar de manos. Vicky quería regresar y liberar al Niño Langosta. Quizás lo acepten en nuestra escuela, dijo.

No teníamos dinero, por supuesto, así que se nos ocurrió la idea de sacar unas latas de la basura y salir a pedir limosnas hasta reunir la cantidad necesaria para pasar un buen rato. Entre los tres lo logramos bastante rápido. Es sorprendente lo desagradable que puede ser alguna gente que andan por ahí creyéndose que son buenos y decentes. Por otro lado, otros son buenos y decentes sin pensarlo, como los carniceros del Supermercado Jalisco. Enseguida nos quitaron las latas. Ayayai, pensamos, nos pescaron, hasta que sacaron dinero de la caja registradora y lo echaron en las latas, y además hicieron que todos los que estaban en la tienda también echaran dinero. Nos pareció que presenciábamos la aparición de Nuestra Señora. La verdad es que nos sentimos un poco culpable de nuestro engaño hasta que Vicky nos recordó que no habíamos mentido en nada por ese dinero, nomás mírenos, dijo.

No tuvimos la oportunidad de rescatar al Niño Langosta porque el padre de Alberto, que salió a buscarnos en cuanto recibió una llamada de la escuela, nos encontró esperando el camión en la Avenida Belmont y nos llevó a casa.

El bueno de Homero. Me encantaría, le dije por teléfono cuando llamó con su oferta. ¡Pero sabes bien que no puedo arrancar para Los Ángeles así como así...!

I know tha', dijo. Homero deja caer las consonantes finales cuando habla en inglés, suena algo abrupto aunque seductor al mismo tiempo. Que curioso, antes nunca se me había ocurrido que Homero era sexy. Antes era un flacucho con la lengua enredada. Pero ahora no solo me pareció seductor en el teléfono, pero también la otra noche, con su pelo medio canoso cayéndole sobre los ojos cuando tocaba la guitarra y dirigía al grupo en su camisa de hilo blanco abotonada hasta el cuello, henchida por sus hombros que no tenían nada de flacuchos.

Estamos decididos a esperar por ti, insistió Homero. Me suena honesto. Mi manager no hace más que hablar maravillas de ti a los productores desde que llegamos. *Insistimos* en que vengas. Queremos que cantes unos solos para el CD. De veras, Carmen. No sé por qué esperaste tanto para cantar. ¡Debías haberlo hecho hace tiempo! ¡Ese Agustín! Eso es algo tan típico de él, ponerle frenos a la gente. ¿O es que tú no querías cantar? Si lo que te preocupa es el dinero, mi manager se ha ofrecido a ser tu representante. Si aceptas venir, te tendrá un contrato preparado. ¡No te preocupes! Cuídate ... ¡y cuida esa estupenda voz! ¿Vale?

Capítulo 9

Uno: No es infidelidad cuando se pega cuernos a un hombre casado.

No es infidelidad cuando se pega cuernos a un hombre casado. Me dije a mí misma el verano en que tomé como amante a un aficionado al flamenco, quien frecuentaba los clubes cuando Agustín volvió a España y a su esposa, como hacía todos los años. Decir que Max, que sabía tocar un poco la guitarra pero que era realmente un artista versatil, era *mi* amante sólo significa que fue el único amante que tuve durante el verano, si bien Máximo Madrigal no pertenecía a ninguna mujer.

Todo empezó una tarde de verano —Agustín se había marchado unas semanas atrás y yo llevaba quizás un coñac de más y había estado durmiendo sola demasiadas noches— cuando traje a Max a casa. Y luego no había manera de deshacerme de él. ¡Voilà! Aparecía en mi puerta en el Hotel Hollywood. ¡Voilà! Se iba de nuevo, iba y venía haciendo sus rondas, y antes de darme cuenta terminaría el sofocante verano de la ciudad.

Si hubiese tenido dinero, habría pasado mis veranos solitarios en Hawaii pero puesto que no lo tenía no me quedaba más remedio que trabajar, Max era lo más cercano a vacaciones que una chica pobre se podía permitir. Nunca hacía preguntas ni pedía nada. Lo pasamos bien y eso fue todo.

Ahora, después de todos estos años, Max, que se enteró que yo había vuelto a los escenarios, me llama para tomar una copa en su casa, su forma de decir vamos a hacer el amor. Llegué a su casa sin demasiada dificultad. No hay de quien esconder nuestra relación. Llevo un vestido de crepé estilo años treinta que alguien me hizo hace años a partir de un vestido original de la época que encontré en San Francisco y que se deshiló la primera vez que me lo puse. Me unto un poco de aceite de laurel tras las orejas y en el punto de pulsación entre la clavícula y el cuello, pero no me pinto los ojos ni me empolvo las mejillas. Si aprendí algo de mi retiro en el desierto, del duro amor de mi grupo de apoyo, y de mi vuelta la otra noche a los escenarios, es que sólo la belleza superficial se marchita con el tiempo. Al igual que una perla, cuanto más tiempo la llevas más brilla, es así cómo una mujer con substancia empieza a mostrar su belleza. Esa soy yo. No estoy segura de lo que verá Max cuando abra la puerta. Pero su llamada me deja saber que por lo menos soy una mujer inolvidable.

Veo luz en el último piso cuando el taxi se detiene. Veo su

silueta en la ventana. Quédese con el cambio, le digo al taxista. Antes de salir del taxi, tratando de hacerlo elegantemente, siento la mano que Max me tiende. Permíteme, dice. Y se lo permito.

. . .

¡Aleluya! Dice Vicky cuando le cuento mi última cita con Máximo Madrigal y saca una botella de tequila Tres Generaciones, tequila del bueno. Vamos a celebrar, dice, no el regreso de Max, ¿qué mujer lo celebraría? sino la desaparición del fantasma de Manolo. Como si no se hubiese marchado hace mucho tiempo, chica, y no es que se haya metido en un agujero negro como a ti te gustaría creer, enfréntate de una vez por todas, carajo. Por qué andabas con un tipo que lleva una navaja en su bolsillo trasero, no lo sé. ¡Que debe haber sido bueno en la cama es todo lo que puedo imaginar! dice, y sirve un trago doble al igual que en el Viejo Oeste, limpiando con su mano el tequila derramado, y se lame los dedos. ¿Manolo llevaba una navaja? pregunto. Es curioso cómo se olvidan pequeñas cosas como ésas cuando todo iba bien, digo, para hacerla rabiar. Vicky se frota la nariz. Como si necesitases de Máximo Madrigal, puto profesional, caso decirte que eres bella. Siempre te lo digo, ¡pero no! ¡No le hagas caso a tu comadre! Vicky insiste e insiste hasta que unas rondas más tarde empieza a farfullar, al igual que yo, y entonces ambas nos ponemos torpes y no paramos de decir, ¿Y qué? Pero y que qué, ninguna de las dos está seguras. Antes de que anochezca —o quizás es el tequila añejo— decido aceptar la oferta de Homero para ir a Los Ángeles a grabar. Voy a ser una estrella, comadre, ¿sabes? Le digo a Vicky. ¿Qué? dice. ¿Quieres decir que ahora no lo eres?

Dos: Llamo a Amá desde Hollywood.

Llamo a Amá desde Hollywood. Hola, Amá, digo, ¿Adivina qué? Estoy en Hollywood. ¿Ah, sí? dice. De hecho estoy en Long Beach, donde está el estudio de grabación de Homero pero como Amá no sabe dónde está Long Beach, digo Hollywood porque así a lo mejor ve que estoy camino del estrellato. Pero ella sólo dice, ¡Bien, bien, hija . . . ! Está distraída, lo sé ¿Necesitas algo de aquí? pregunta. Nunca es un buen momento para llamar a Amá. O está en medio de una telenovela o tiene una tortilla calentándose en la hornilla y estaba a punto de sentarse y comer, como siempre le dice a quien llame. Se enfada cuando su familia o amigos no la llaman, pero se molesta cuando lo hacen. No, Amá, digo, sólo quería decirte cómo van las cosas.

Han ido bien considerando que nunca antes había grabado, de hecho hasta el mes pasado ni sabía que podía cantar. El resto de mí no se siente tan bien, aunque Homero viajó conmigo y eso ayudó mucho y sólo tuve que cantar una canción en nuestro primer día de grabación en el estudio. Me gustaban todas las nuevas ideas que me sugirieron en el estudio para cantar flamenco tradicional, introduciendo una mezcla de música de Oriente Medio y jazz. ¿Qué es todo esto? Le pregunté a un músico llamado Fain cuando entró con varios objetos extraños. Eran sus instrumentos. Esto es un tar, dijo, y esto es un guimbris y esto un buzuki. Pero yo toco principalmente el bajo, dijo. Ah, dije yo.

La idea del CD fue de Homero. Homero es un genio, creo. Le va a gustar al público en general, ¿entiendes? explica. A mí me gusta oír mi voz grabada con ese efecto extraño del sonido que produce un eco al fondo, todo con un ritmo de rumba. Su manager Phoebe Browne parece también encantada. Hizo un contrato al instante.

Quiero dejar claro lo que vamos a hacer, dijo. Recuerdo cuando trabajé, cuando empezó, para la Motown en Detroit. Esa gente joven, con tanto talento, tan ingenuos y tan seguros de sí mismos, ¡pidiendo siempre cosas poco realistas! Así que ahora, todo está aquí, ¡impreso! Extiende ocho páginas delante de mí. No sé lo que firmé. Pero Homero dijo que era el mismo contrato que él tenía y que le ha ido bien, dice. De veras, ¡no te preocupes!

He firmado un contrato esta mañana, le digo a Amá pero no parece que esté ahí. ¿Amá? ¿Me oyes?, ¿Eh? dice. ¡Claro que estoy aquí! Es que estoy en medio de la novela. Miro el reloj, y pienso que sí, están dando su telenovela favorita. Ve varias durante el día pero en ésta sale un nuevo y fornido galán que le gusta, el hijo del hijo de su ídolo de adolescencia. Mi madre de setenta años padece de idolatría-intergeneracional-de-ídolos-cinematográficos. Okay, ¡te dejo, Amá! ¡Sólo quería estar segura de que estabas bien! ¿Te encuentras bien? le pregunto. ¡Sí, sí! dice. Tu padre me ha llevado hoy al doctor. Tengo bien la presión arterial. El doctor dice que estoy mejorando. No podemos pagar esta llamada, hija, cuídate. ¡Déjanos saber cuándo regresas a casa y así tu padre te recogerá en el aeropuerto!

¡No hace falta! ¡Homero vendrá conmigo, Amá! digo gritando. No sé por qué grito cuando hablo a larga distancia con mis padres. Ellos también gritan. No están sordos. Tampoco yo. ¡Tomaremos un taxi! No te preocupes, te veo el próximo domingo, ¿okay, Amá? ¡Okay, okay! dice y cuelga, y *clic,* me corta.

Tres: Todavía estoy en el Sea Winds Motel, cortesía de mis productores…

Todavía estoy en el Sea Winds Motel, cortesía de mis productores, durmiendo hasta tarde al día siguiente cuando contesto al teléfono y oigo una voz ronca de fumador tan familiar que podría ser la mía, pero estoy tan atontada por los analgésicos que digo *¿Homero?* Sé que no es Homero. La voz no es inofensiva como la de Homero, la cual es honesta y generosa, sino cargada de traición carcinogénica.

Soy Agustín, dice. Es un signo de algo, lo siento al instante pero no sé si es bueno o malo. No soy psíquica pero puedo sentir que significa algo.

¿Qué pasa? dice al yo no decir nada. ¿Estabas durmiendo? ¿Estás bien? Claro que estás bien, se convence a sí mismo. Agustín es una de esas personas que puede mantener una conversación él solo y no se lo toma como afrenta si uno no dice nada. ¡Me enteré que estás grabando un álbum! ¿Es eso cierto? ¿Me está tomando Homero el pelo, o qué? ¿Cómo lo has conseguido? Sabes, ¡tú siempre supiste cómo conseguir lo que querías!

Jmm, digo. Le he superado. Por eso ha llamado. Lo que vendrá luego no puedo adivinarlo. ¡Ese Manolillo! dice. ¡También me ha dejado!

¿También? No respondo. Es típico de Agustín cambiar las cosas de sitio y luego ponerlas frente a ti como un truco barato, pensando que podrá engañarte para que creas que no viste lo que viste, que no sentiste lo que sentiste. Se fue (presumiblemente por su esposa) y se llevó a mi amante con él ¡y ahora implica que Manolo y yo le hemos abandonado! Debería colgar, pensé. Pero no cuelgo. Soy cobarde. Él lo sabe. Conoce todas mis debilidades.

Eso se cree.

Permanezco en silencio para que Agustín continué poniéndome al tanto. Manolo se marchó a Serbia, dice, en busca de la familia de su padre. Creo que va a intentar llevarlos a Alemania. Alemania da asilo a los gitanos. Aunque, me dice, allí pasó algo con unos gitanos jóvenes que encontraron un letrero en una valla que decía: ¡FUERA

LOS GITANOS! Uno de los muchachos trató de arrancar el letrero y estalló una bomba que los hizo añicos. Manolo es un buen tipo, creo. Es valiente. Pero me dejó en medio de una función. ¿Oye, Carmen? ¿Estás todavía ahí?

Todavía estoy aquí, me acababa de dar acidez estomacal. Es demasiado temprano para una llamada así, especialmente sin café. ¿De dónde llamas? pregunto amodorrada. ¡Estoy de vuelta en Chicago! dice, como si fueran buenas noticias. ¡Acabo de regresar…! Agustín continúa hablando y finge estar contento con mi contrato de grabación. Pero le conozco bien. Como mentor mío, cree que es él quien debería haber tenido la esperada oportunidad. ¡Al fin uno de los dos va a saltar al mundo de los gachés! dice. ¡Ahora sabrán lo buena que es la música gitana! Por cierto, ¿tienen un buen violinista? Sabes que necesitas un buen violinista… Agustín no está pidiendo participar en el proyecto, no todavía.

Deberíamos tener más cosas entre los dos, lo pienso pero no lo digo, tras estar juntos tantos años, en vez de sólo tener una conversación unidireccional sobre mi éxito. Presumirá que él me lo ha enseñado todo y de alguna forma, tiene razón. Aunque a menudo decía que el flamenco, como la poesía, es algo que no se puede enseñar. Pero no digo nada, sólo escucho y ni eso, cuando de repente Agustín se calla y dice, ¿Qué? ¿Todavía estás enojado por lo de Manolo? ¿Qué harías con un muchacho de veinte años?

¡Podría haber manejado a *veinte* muchachos de veinte años! Borboteo bruscamente como una manguera de bomberos. ¡Tienes toda la razón, aún estoy enojado por lo de Manolo! A menos que le pagues el alquiler, no es tu asunto con quién duerme una mujer soltera, dije. O como siempre decía mi madre, Carmen, no tienes un padrastro. Ningún hombre, excepto tu padre, tiene el derecho de decirte nada. Así que ¿qué derecho has tenido nunca de interferir en mis sentimientos por un hombre joven? ¡Lo que ya no quería era un viejo!

¡Un viejo! Agustín suena como si le hiciera gracia pero sé que no es así. ¡No sólo uno de veinte años sino que además un gitano! Dice. ¿Qué esperabas de él, Carmen, devoción?

De nuevo silencio. Agustín sin nada más que decir. Que raro. Y entonces lo dice porque no sería Agustín si no lo dijera: Gitana, me dice, no sabes cuánto te he echado de menos, ¿sabes? ¿Qué crees? Su voz baja de tono, como si no quisiese que nadie supiese lo que está a punto de admitir. Quiero decir... ¿existe alguna posibilidad de que probemos de nuevo?

Tras unos cuantos largos segundos digo, Sí... Agustín. Siempre hay una segunda oportunidad para empezar algo de nuevo. Y luego añado: Pero, ¿no han sido suficientes todos los años que *hemos* estado juntos?

Eso es lo que pensé, dice y cuelga el teléfono. Estuve durante un rato con el auricular en mi oído escuchando el tono hasta que una fría grabación dice, Si cree que ha marcado el número equivocado, por favor cuelgue e inténtelo de nuevo.

Cuatro: ¿Para qué necesito pies si tengo alas?

¿Para qué necesito pies si tengo alas? Pienso una noche mientras el reloj digital cuenta lentamente las horas y no puedo dormir preguntándome si soy o no una verdadera cantante ahora que ya no voy a bailar más. ¿No es eso lo que escribió Frida Kahlo en un diario o en un cuadro y mostró a todo al mundo lo valiente y maravillosa que era?

Para ella fue fácil decirlo, era una pintora, no una bailaora.

No seré recordada como Kahlo. Lo sé. Nunca he sido maravillosa. Ni como María Benítez, leyenda viviente del flamenco que tiene su propia compañía de baile y a quien todos los veranos van las multitudes a verla a Santa Fe como si fuera la encarnación de una opera al aire libre en vestidos de seda con mangas dolman, sus largos brazos extendidos y una expresión en su cara tan estremecedora como la de la diosa Kali, mientras se desliza por el escenario. Ni le llego a la suela de sus zapatos. Pero al igual que Kahlo, Benítez, Kali, no tengo miedo. No importa lo que hagas, cuando primero eres mujer, significa que no puedes tener miedo.

Cinco: ¿Por qué te llaman Carmen la Coja?

¿Por qué te llaman Carmen la Coja? Me pregunta una muchacha en una tienda de discos donde estoy autografiando mi nuevo CD. Mi manager Phoebe Browne está conmigo. Y Homero parece disfrutar refiriéndose a mí como su descubrimiento. Estamos en Nueva York. Primero estuvimos en Chicago, luego en Los Ángeles, Nueva York y finalmente iremos a Washington, DC.

Aparezco en la cubierta del disco con el vestido de satín rojo que compré en el distrito de la costura de Los Ángeles. Al igual que mi madre puedo oler un baratillo a una milla de distancia. En la foto estoy rodeada por el grupo, todos parecemos ya famosos. Porque solía bailar le respondo a mi nueva admiradora —una de las tantas de ahora, parece ser, que aparecieron con mi nuevo CD. Estoy sentada en una mesa y llevo un vestido largo. No puede ver mi pierna enjaulada en el aparato ortopédico. Mira mi fotografía en el CD y luego a mí. No lo entiende. *Coja* significa incapacitada, digo. Estoy rebosante de alegría y siento que despido más la luz que una bombilla de cien vatios. Últimamente pocas cosas me impactan.

Regresé a Chicago con mi primer salario en mano. Eso fue hace diez meses. Amá dejó escapar una lágrima al ver el cheque, prueba que por una vez mis amigos músicos no eran artistas del engaño, por el contrario, después de todo, quizás tenía algo de talento. Ella lo heredó de su padre, siempre decía Apá. Es lo que te gustaría creer, decía Amá. Abel me preguntó si quería invertir en negocios con él y yo le dije que no. Por fin podemos ir de compras, dijo Vicky. Y no te ofendas Carmen, pero no me refiero a las tiendas de baratillos. Las cosas se tranquilizaron hasta que llegó el CD vía entrega especial. Todos se lo pasaron unos a otros delicadamente y le miraban largo tiempo como si hubiesen enviado a casa el Santo Grial. Amá sacó su lupa y estudió minuciosamente la fotografía para asegurarse de que era realmente yo. Nadie, empezando por mí, podía creer que oficialmente era cantante.

Y ahora aquí estamos, de gira.

¿Por qué te llamaban incapacitada? Insiste la admiradora. Lo que pasó exactamente para llegar al estrellato de un día para otro no lo sé, pero para la gente soy un sueño convertido en realidad, una esmeralda colombiana, laz zapatillas de rubí de Dorothy saltando por el Camino Amarillo. Sí, es cierto, se refleja un poco en la mejora de mi vestuario y en mi nuevo corte de pelo. Sea verdad o no, la gente siempre asocia un poco de fama con el dinero. Y es así, la lástima es barrida de sus miradas y en su lugar hay el deseo de ser tú. Lo he visto desde que empezamos nuestra gira de conciertos. Algún día regresaré a Kansas, estoy segura, le digo a Phoebe y a Homero ante un plato de pasta al pesto y un vaso de quianti una noche en Los Ángeles. ¡Pero lo disfrutaré mientras dure! ¿Estás bromeando? dice Phoebe, ¡acabas de empezar, niña! Homero ríe, ¡Ay Carmen! ¡Estoy tan contento de haberte descubierto!

No soy un continente, dije.

¡Sí! I know that! Dice Homero con una sonrisa tranquilizadora.

Porque *soy* una incapacitada, le digo a mi admiradora. Ella sacude la cabeza como si la hubiese ofendido. ¡No deberías decir eso de ti misma!

Quizás sea un malentendido cultural, digo. En mi cultura se conoce a la gente por su característica más evidente. ¡Soy realmente una *coja!* ¡No hay problema! Me levanto la falda, saco mi pierna mala y hecha un vistazo debajo de la mesa. Luce realmente desconcertada pues no está claro de qué cultura estoy hablando. Nuestro CD está categorizado bajo la sección de música latina e internacional y pop/reggae. Aunque no estoy segura por qué, estamos incluso bajo musicales. No ayudaría a clarificar las cosas si dijese que soy de Chicago. Ella sacude la cabeza. Creo que va a llorar. ¡No importa! digo. Ya no puedo bailar así que ahora ¡canto! La muchacha trata de alegrarse. Eso es bueno, dice. Mira al chico que está detrás de ella en la fila. Él sonríe como si no le importase lo mas mínimo si yo puedo o no andar y sólo espera que ella se mueva a un lado.

En cada ciudad damos un concierto y en cada ciudad paso la mayor parte del tiempo en mi habitación antes y después de las actuaciones. Llamo al servicio de habitaciones. Alquilo una película. Tomo analgésicos. Cuando al fin llega el momento de volver a casa, tengo que decir que no quiero —no puedo echar de menos mi vida en las giras.

El cambio más grande se ve en Amá. Tremenda sorpresa el respeto que el dinero provoca hasta en tu propia madre. Cada vez que le doy dinero se relaja un poco más. Hasta le dijo a Apá que comprara un nuevo coche para la familia. Aunque ella no lo conduzca, él nos podrá llevar, dijo. Deja que la hija haga lo que quiera con su dinero, dice Apá. Se lo ganó. ¿Y qué? Mi madre pregunta. ¿Y qué sobre las cuentas? ¡Hay que arreglar el techo! ¡Tú lo sabes! ¡Y la acera! ¿Quieres que alguien se caiga en aquella grieta y pongan una demanda contra nosotros? Así se pasa Amá, dándole vueltas a la casa, fingiendo que sacude el polvo, manteniéndose ocupada. Mi papá me sonríe como para decir, No le hagas caso, y claro que no le presto atención a ella porque la verdad es que no recuerdo haber visto a mi mamá tan feliz en años.

Por su parte, Apá también está muy cortés. Él sabe que necesitan el dinero. Pero tampoco es que haya ganado una fortuna; sólo lo suficiente para notar una leve diferencia, suficiente para que José y su esposa se porten bien conmigo cuando nos visitan, pero no lo suficiente para que me inviten a su casa. Bueno, ¿te llevan en una limusina? Me pregunta mi cuñada. Les ha hablado a todos en el trabajo sobre mí, dice. ¡Llevé tu CD y se lo enseñé a todo el mundo! Y tu hermano también ¡mira a ver si no le ha dicho a todo el mundo que tú eres *su* hermanita! Cada vez que tocan tu canción en la emisora de radio Smooth Jazz, él anuncia, "¡Esa es mi hermana!" Joseph no parece estar contento con que su esposa me cuente esto ya que él siempre ha sido el exitoso de la familia. Pero al fin acepta mi triunfo, sí. Entonces añade, ¡Quizás puedas ayudar a los viejos con tu nueva fortuna!

¿No tengo ninguna fortuna! le digo, intentando mantener la conversación en un nivel superficial. Pero la sonrisa de mi cuñada desaparece. Es obvio que está desilusionada. Sí, sí, dice Joseph. ¡Yo sé que ustedes en la industria de la música se ganan un dineral cuando tiene un exitazo en la radio! ¡Ya! nos dice Amá, para que terminemos con el tema.

Negrito viene de nuevo a casa una noche y nadie de la familia dice nada porque es mi invitado. Esa noche salimos con Vicky y Virgil y mantengo la conversación fluida, fingiendo que Virgil y mi hermano Negrito no parecen competir a ver cuál de los dos se aproxima más a Jean Genet —artistas sensitivos y torturados por ondas subterráneas autodestructivas. La cara escultural de Virgil ha quedado reducida a costras y huesos. Es el Lázaro entre los vivos. Al principio estoy horrorizada porque no le he visto en tanto tiempo, pero me acostumbro a su rostro. Y mi hermano pesa aún menos que yo.

Así que ... ¿ya no juegas al fútbol, eh? le pregunta Negrito a Virgil, quien sigue tan dulce como siempre pero no tiene mucho de qué hablar, y niega con la cabeza. Toda la noche es así. Es obvio que nuestros hermanos no encajan en el estilo de vida de servilletas de tela y extensos menús de vinos. Y yo tampoco. Creo. No sé cuándo fue que Vicky brincó al otro lado de la cerca donde se siente tan confiada, sin una gota de pretensión, pero calculo que fue más o menos cuando la aceptaron en una universidad Ivy League.

Propongo ir a escuchar *blues* o jazz. ¿Quién está tocando por aquí? Todos sonríen pero está claro que nuestra excursión es un fracaso. ¡Somos demasiados jóvenes para estar tan enfermos, tan quemados! Suspiro. Nadie contesta; están demasiado quemados, me imagino. El mesero me reconoce y me pide un autógrafo. ¡Bueno, bueno! ¡Mi hermana la celebridad! dice Negrito. Nunca le había escuchado ser tan sarcástico conmigo. Claro que puede ser tan sarcástico como cualquiera de Chicago, pero no conmigo. Tu hermana ahora *es* una estrella, Negrito, Vicky dice abruptamente. Tú y la familia deberían estar orgullosos de ella. Luego mira a su hermano. Virgil, si estás cansado nos podemos ir a casa. Virgil cierra los ojos y juraría que jamás los abrirá de nuevo, pero los abre. Todos lo mirando fijamente cuando los abre y sonríe. ¿Te acuerdas, Carmen? Susurra. Asiento con la cabeza. Yo también, me dice y sonríe. Ahora sé lo que quiere decir Vicky cuando dice que Virgil parece un ángel, y cuando cierra de nuevo sus ojos, siento que se está cayendo cayendo cayendo desde el cielo. Estiro mi falda larga para que caiga en ella pero se convierte en un trampolín y él rebota hacia el cielo de nuevo.

Seis: Todas las semanas en el grupo de apoyo saco el cuchillo de mondar.

Todas las semanas en el grupo de apoyo saco el cuchillo de mondar. Mondo y mondo y sospecho que al final no quedará nada, como me dijo mi instructor de yoga que sucede cuando se está a la búsqueda del sentido de la vida. Al final uno ve que la existencia es nada, el vacío. Pero alcanzar el vacío lo es todo, la verdadera esencia de la existencia. Este vacío, para mí, es lo que ocurrió en mi búsqueda del amor. Dejaré lo del sentido de la vida para aquellos que leen griego a latín o viajan al Tibet.

Fui al desierto para vivir como una ermitaña en busca de su alma, les digo a los miembros de mi grupo. La gente dice que los ermitaños buscan a Dios pero cuando se va tan lejos todo lo que se encuentra es uno mismo. En el desierto oí durante la noche los más extraños sonidos. Dormía sola, comía sola. Y un día decidí que ya tenía bastante del desierto y regresé a la ciudad.

Regresé a la ciudad con el ruido de las bocinas, la gritería, el corre-corre de la gente, y ganaba un poco de dinero vendiendo corbatas en un centro comercial, en una carretilla sin ruedas, cuando me llegó una invitación para bailar en Alemania. Nunca había estado en Europa. (Al grupo le gusta esta parte, incluso a Vicky, pues para la mayoría de nosotros es difícil viajar.) Pensé que estando en el mismo continente que Manolo podría escuchar de nuevo los latidos de su corazón. Mi exilio en el desierto no me había curado de la nostalgia por mi amor perdido. Pero todo lo que oí en Alemania fue el estruendo de los trenes yendo y viniendo y lamentos por sus guerras, sus grandes guerras lamentables, y absolutamente nadie reparó en el dolor que sentía en el centro de mi estómago, bien en el centro de mi propio vacío. Había demasiados corazones rotos en Alemania como para oír el mío, el cual hacía chin chin como la porcelana mientras caminaba y bailaba. La última vez que bailé.

Así que ¿cómo es eso de ser famosa? Me pregunta un nuevo miembro del grupo. Realmente no me siento fam...empiezo a decir. ¿Cómo debería sentirse? alguien me interrumpe antes de que pueda terminar. A veces pienso que sería de gran ayuda si en el grupo hubiese alguien que nos llevase por el buen camino, como Amá, por ejemplo. ¡El otro día oí tu canción por la radio! dice otro. ¡Es bastante buena! Felicidades. ¿En qué emisora? pregunté. Nunca he oído mi música en la radio. Sé que el CD se está vendiendo pero en realidad no se como funciona todo eso. Y no me siento famosa aunque la gente lo diga. El nuevo programa de gospel, dice el muchacho. Ya sabes la emisora...el programa que viene después del de Howard Stern. ¿Howard Stern? digo. No sé quién es.

*Siete: ¿A qué no adivinas?
Vi a Manolo...*

¿A qué no adivinas? Vi a Manolo, me dice un día Abel al encontrarnos en el patio. Está guardando su carrito de elotes en el garaje. Lo limpia y lo lava y temprano por la mañana, con el carrito reluciente, empieza de nuevo su viaje de elotes-sobre-ruedas. Yo estoy sentada con mis padres tomando una cerveza. Últimamente he estado muy ocupada entre las llamadas de Phoebe y los planes para un nuevo CD y quizás otro concierto. Vicky me consiguió un buen plan médico ahora que puedo pagarlo. Ahora trata de convencerme que compre un condominio en su edificio.

Mis padres nunca llegaron a conocer a Manolo así que el anuncio de mi hermano no les dijo nada pero para mí, el planeta dejó de girar. Me agarré de los brazos de la silla en la que estaba sentada. No digo nada.

Abel entra en la casa y regresa con una cerveza. Se sienta. Todavía no he dicho nada. Hace un agradable día claro, un extraordinario día ordinario. He estada disfrutando de la tarde con mis padres, tomando un poco de sol. Hablamos del nuevo coche que se compraron el pasado fin de semana. La vida es buena. La vida ya no es Manolo. Manolo es Manolo en mis sueños y en mi grupo de apoyo durante terapia. Incluso aparece en las cartas del Tarot cuando me las echan de vez en cuando. Un hombre joven entrará en tu vida pero te causará un gran dolor. Demasiado tarde.

Pero Manolo no es real. Es memoria y etéreo. Miro a Abel de la misma manera que el perro Macho no entiende lo que le estás diciendo, con una inclinación de cabeza. No existe mensajero más inesperado que mi gordito hermano antisocial. Si te pago la inscripción en un gimnasio, le pregunto, ¿irías?

No, dice. Bebe un largo trago de su lata antes de decir: *Manolo*. Manolo me dio saludos para ti.

Esto es demasiado, pienso. Es como Edgar Cayce haciendo anuncios para los muertos. Ni siquiera conocía a Manolo, de hecho nadie en la familia lo conocía, apenas me conocían a mí en esos tiempos. ¿De qué estás hablando? le pregunto. ¿Dónde has visto a ese tipo que dices que me manda saludos?

No tienes que ponerte hostil, dice Abel. Vino, me compró un elote y pidió que la echase mucho chile. Mientras se lo comía empezamos a hablar. Dijo que solía bailar contigo y que había oído que te iba muy bien. Sí, dije, así es. ¿Quién iba a pensar que Carmen tenía las ganas?

Vete al infierno, digo. No sé por qué estoy tan enfadada con mi hermano, pero ahora entiendo cómo empezó la tradición de matar al mensajero. He esperado y esperado tanto tiempo y he imaginado tantas historias, tantas escenas en las que un día mi gran amor reaparecería y me enamoraría de nuevo y aquí aparece un día cualquiera y compra un elote a mi hermano inútil y dice, Saluda a Carmen de mi parte.

¡Carmen! dice mi amá. No deberías hablarle así a tu hermano mayor…

¡Sí! dice Abel y se ríe. Vete al infierno, digo de nuevo sin mirar a Amá. ¡Cómo que sólo me manda saludos! ¡Es imposible! No está aquí…está en Serbia o en Alemania o en algún lugar de California por lo que sé, pero no aquí, no en la esquina tres bloques más abajo comiendo *elotes,* ¡por el amor de Dios…!

Bueno, Courtney me había dicho que él había regresado, ¿pero quién puede creer a *esa mujer?* Y puesto que había buscado por las calles por los café teatros por todas partes desde ese entonces esperando deseando aunque no creyendo que algún día mis ojos se posarían en él no podía creer que no hubiese venido a verme si estaba en la ciudad. Me siento absolutamente decepcionada. Todo lo que sé es que se siente peor que el sudor sobre mi piel a causa de la humedad, repugnante y viscoso. Y peor aún, todavía le quiero.

¿Así que en verdad te rompió el corazón, eh chica? se burla Abel.

Me levanto, intentando evitar que me vean temblar de rabia o de alegría o quizás de deseo derramándose como un geniecillo de una botella descorchada. No sé cómo Manolo me producía este efecto antes y por qué me lo produce ahora, pero he trabajado muy duro y he llegado lo suficientemente lejos como para que alguien me haga esto y se salga con la suya. ¡Nadie me rompe el corazón! digo, tomando mi muleta y mostrándosela a Abel. ¡Oye! dice. ¡Cuidado Carmen! dice Apá. ¡Tranquilízate, hija! Mi mamá sacude la cabeza y dice, Es como siempre he dicho. ¿Cuántas veces lo he dicho? ¡Esos gitanos nunca le han convenido! ¡Mira! ¡Se está volviendo loca otra vez!

. . .

Una tarde fría subí con dificultad pero también con determinación tres tramos de escaleras. Le pedí a Vicky que esperase en su coche con mis muletas. Paso a paso. Me saco el caluroso gorro que Amá tejió para mí. Es un poco ridículo pero no quiero herir sus sentimientos. Se esforzó en hacerlo. Utilizó angora en vez de acrílico así que al menos es suave y caluroso como si llevase un gatito rosado sobre mi cabeza. Debajo del abrigo de lana, llevo un vestido de lamé dorado. Venimos de una fiesta y después de mi tercer martini (hasta esta noche, para mí los martinis sólo eran cocteles de la tele de los años cincuenta) estoy lista para encarar mi destino.

La bombilla del tercer piso está fundida, así que deslizo mis pies por el piso y ando a tientas en la oscuridad como una ciega hasta que toco la barandilla del tercer piso. Es el único edificio de la cuadra que aún no ha sido rehabilitado y convertido en un condominio. Hay gente en el tercer piso porque oigo pasos amortiguados y voces. Una mujer joven abre la puerta. Es morena, menuda y parece de la India, aunque sé que es calorra. Como es gitana, y aunque sea de estatura pequeña, me asusta un poco. Sé que es un prejuicio, como esa gente que siente miedo cuando ve hombres de piel morena que se dirigen hacia ellos en la calle. Pero las gitanas me dan realmente miedo. Quizás viene de cuando la mujer de Agustín me echó un mal de ojo que casi me mata. La muchacha sostiene un cigarrillo encendido en su mano con el que apunta hacia la puerta cerrada de un dormitorio, Está en su cuarto, dice despreocupadamente con un acento raro.

Recuerdo que es la misma habitación que él tenía, aunque sólo he estado aquí una vez hace tiempo. Un hombre ronca estrepitosamente en el sofá. Su estómago peludo sobresale de su camisa y un gato a rayas amarillas descansa en su pecho. El lugar es más caótico de lo que recordaba. Persianas rotas y cortinas dobles que no hacen juego para no dejar entrar el frío. Hay un voluminoso calentador viejo que ocupa la mayor parte de la sala. Dejo una bolsa de naranjas sobre la mesa, cerca de una ristra de ajos y de enormes cebollas blancas y púrpuras. La muchacha asiente con la cabeza y se retira a ver la televisión con un niño de siete o quizás ocho años. La sala está a oscuras y sus caras reflejan la luz del televisor. Parecen fantasmas. Voy hacia la habitación lentamente, lentamente y empujo la puerta abierta. El aire está viciado dentro de la habitación a causa de los cigarrillos, un cenicero en un estante está lleno de colillas. Él duerme, completamente vestido. Una pequeña lámpara está prendida y también lo está un radiocassete, se escucha una música tan bajito que no puedo identificar. Más tarde no recordaré la música aunque lo intente. Se despierta y me mira. Tiene los ojos enrojecidos del cansancio, de la resaca, de un high. ¿Quién sabe? Tras unos segundos, cuando ya ha vuelto en sí, cuando reconoce la persona que tiene al frente, mirándole con los ojos bien abiertos y él sin palabras como si fuese Jesús o Satán, sonríe lentamente. No puedo imaginar que expresión tenía mi cara al verlo allí, delante de mí después de tanto tiempo, después de tantas sendas que hemos recorrido, somos como un par de ladrones de camino que se topan el uno con el otro por casualidad. Si te encuentras con Buda por el camino, mátalo, nos dijo una vez mi profesor de yoga. Al principio la clase se lo quedó mirando como si estuviese loco, quizás con la misma expresión que tengo yo ahora, y luego se explicó. A diferencia de los cristianos, los budistas no creen que se deba dar demasiado poder a otro ser, pues ello impide la búsqueda de tu propia verdad.

La verdad es que sus bellos dientes están ahora manchados por la cafeína. ¡Ah, Carmen…! Dice y empieza a incorporarse, se peina su enredado pelo con los dedos, aclara su garganta. Hay una botella de licor cerca de la cama y un vaso. ¿Cómo has estado? pregunta. ¡Me enteré que has vuelto a bailar! dice y sirve un poco de bebida que me ofrece. Cuando sacudo la cabeza, se la bebe de un solo trago. No bailo, digo, canto. ¿Cantas? ¡Anjá! Bien, bien. Bueno, tienes una buena voz, ¿lo sabes? dice. Da una palmada sobre la cama para que me siente. Sacudo de nuevo la cabeza. *Yo*…empiezo a decir algo, cambio de opinión o pierdo el hilo de lo que iba a decir. Me voy. Estabas descansando…Y me doy la vuelta. ¡Oye! ¡Carmen…! me llama, pero no se levanta y yo no me detengo.

. . .

Cuarenta o no (pero sí, son cuarenta), estoy bien. Me miro en el espejo que Amá tiene tras la puerta de su dormitorio. Puede que ya no baile profesionalmente, pero aún tengo cintura. Desde que dejé de bailar vuelvo a tener pechos. Son los detalles lo que importa. Aunque a veces tienes que acercarte mucho para ver la más leve señal de algo verde. Como una flor de loto que crece del fango bajo el agua y florece cuando alcanza la luz y una nueva vida se despliega. Soy una gran flor de loto, encantadora y temporal como todo lo demás. Podemos reencarnar en nuestra propia piel. No necesitas tener un hijo, reprodúcete a ti misma en un mejor y nuevo tú. No tienes que morir primero. No tienes que morir en absoluto.

Sólo tienes que agarrar el toro por los cuernos, pagar el pato, seguir tu propia comparsa y nunca olvidar que a pesar de los clisés, en el amor y en la guerra todo vale.

Estoy lista.

Capítulo 10

Uno: Dorado y azul-azul como mi aura...

Dorado y azul-azul como mi aura (o al menos eso me dijo Francis mi nuevo terapeuta quien también hace despojos, "te saca los demonios" como le digo) son los colores que escogí para decorar mi nuevo condo. Despojo es desprenderse a través de la hipnosis de todos los malos recuerdos que se han incrustado en tus coyunturas y te impiden avanzar. Salir adelante es algo que últimamente estoy haciendo a la velocidad del sonido durante las sesiones semanales con Francis, un terapeuta licenciada con alfombras oaxaqueñas y suave música enlatada y un móvil de ángeles de papel flotando sobre tu cabeza. Ahora que tengo una mejor disposición desde que comencé a grabar mis dolores se han aliviado. Todavía los tengo pero ya no me impiden vivir.

Yo creo que Vicky está más entusiasmada que yo con mi nuevo condominio. Ya somos como roommates, dice. Amá dice, No te preocupes por mí, hija. Estoy segura que tu padre se ocupará de subir a verme aunque tu ya no estés aquí. Además, tengo a Macho. ¿Recuerdas la vez que te avisó que me estaba dando un infarto? Él ladrará si algo me pasa ... Quizás tu padre o tu hermano lo oigan desde abajo.

Amá, si quieres que me quede, me quedaré. No necesito vivir sola, le mentí.

No sé si me estoy metiendo en camisa de once varas con la compra de un apartamento para mi sola, pero aún así valdrá la pena. Tengo mi propio baño. No tengo a Macho subido en mi cama cada vez que salgo. Puedo tocar mi estéreo cuando quiero sin tener que oír el ruido de dos o tres televisores al mismo tiempo. Dime comadre, ¿he muerto y estoy en la gloría? pregunto a Vicky mientras celebramos la primera noche en mi recién adquirido condo, comiendo una deliciosa pizza.

Salgamos, dice ella. Estoy cansada, digo. Vamos, insiste ella. Oye, vamos al Olé Olé, ¿eh? ¿No te gustaría restregarle un poquito tu éxito por las narices a Courtney, comadre?

Lo pienso por un segundo. El éxito te hace misericordioso. Pero, ¿por qué no? ¿De qué sirve el éxito si no se lo restregas a alguien por las narices? Me río. Luego me río a carcajadas sin parar, y me doy cuenta que soy tan incorregible como todos dicen que soy. ¡Sí, eres mala! dice Vicky con una carcajada y me abraza tan fuerte que me hace perder el equilibrio. Nos revolcamos al borde de la histeria por mi nuevo piso de parquet. De repente se recompone y me ayuda a levantar diciéndome, Y es por *eso* que siempre te he querido tanto.

. . .

El show del Olé Olé empieza tarde. Tengo que volar a Long Beach la semana que viene, le susurro a Vicky, para comenzar la grabación del nuevo CD. Necesito descansar lo más que pueda, no andar saliendo así tan tarde, le digo mientras me retoco la pintura de labios. Por todo el camino siento que me he convertido en la diva más grande que he conocido, (comparada con la Vicky, claro, en su traje de casimir y su bolsa de Gucci) hasta tal punto que ya no me soporto a mi misma. Pero Vicky sigue, ¡Sigue la onda, comadre! ¡Disfruta lo que te has ganado!

Estoy un poco nerviosa porque sé que existe la posibilidad de encontrarme con Manolo esta noche. No hay muchos lugares donde un gitano como él pueda pavonearse en Chicago. Creo que estoy lista para el encuentro. Pero cuando finalmente le veo no puedo creer mis ojos. Está sentado en la barra bebiéndose un café expreso. Se frota las manos y mira alrededor. Sé que es Manolo pero encuentro difícil aceptar que ha regresado. Es probable que ha pensado que ahora soy muy rica y famosa para él. Es un hombre con mucho orgullo calorró. No me buscaría si pensase que lo pondría de una patada en la calle como a un perro pedigüeño.

Manolo estaba a punto de salir a escena. La presentadora lo anuncia por el micrófono. Me escondo detrás del menú con la esperanza de que no me vea. No quiero que me vea todavía. Quiero que baile como antes y solo quiero verlo y disfrutarlo. ¡Allí está Manolo! dice Vicky. ¡Ya lo sé! susurro. Está mirando hacia aquí *¿lo* sabes? me pregunta. No, le digo y pongo el menú sobre la mesa, tratando de comportarme casual y distraída pero acabando por lucir algo perdida, como él me dijo que me lucía la primera vez que me vio y se enamoró de mí. Pero no podía estar más lejos de estar perdida. Y no gracias a él.

Espera un momento, dice Vicky. Desearía que se callara, me está poniendo nerviosa. ¿Es ese ...no... no puede ser...? ¿Es Agustín el que está con él? ¡Ay Dios mío! ¡Es él! ¡AGUSTÍN!, Grita mi mejor amiga. Todos miran alrededor. Algunos clientes me reconocen. La presentadora también mira y dice, ¡Es Carmen la Coja! ¡Luces por favor! ¡Un aplauso, todos por favor! ¡Nuestra maravillosa cantaora de aquí de Chicago...y antes una maravillosa bailaora también! ¡Carmen! ¡Carmen, ponte de pie para que todos te vean!

Te voy a matar le digo entre dientes a Vicky, quien sonrié y mira a todos como si la aplaudiesen a ella. No, no me matarás, dice. Vicky sonríe y aplaude también cuando Agustín se acerca ella le extiende los brazos. ¡Ay, Agustín cuanto tiempo, viejo!

Por favor no me llames viejo dice Agustín. ¡Ya me siento bastante caduco con tantos jóvenes aquí! Pero tú Victoria, ¡estás igual de guapa, no cambias! ¿Dime, sigues trabajando en el banco...?

¡No! ¡No, querido! dice Vicky y Agustín aun no me ha mirado. Estoy estableciendo mi nueva compañía financiera. ¡Cuándo necesites un préstamo piensa en mí por favor!

Por eso es que Vicky es mi mejor amiga. Ella es tan mala como yo, aunque parece que trata de ser peor. Agustín hace un último esfuerzo para mantenerse a la par de las bromas de Vicky pero no lo conseguirá. Él dice, ¿Qué? Querida ¿no me digas que todavía no te has casado...? ¡Qué pena!

No Agustín... Victoria sonríe y me guiña un ojo disimuladamente, y se nota que está disfrutando tomarle el pelo a Agustín. Ella bebe un sorbo de vino. Me estoy reservando para Carmen. Creo que ella lo vale, ¿no crees? Y mi amiga hace un gesto como si nos presentara por primera vez. ¡Ah!, Agustín repara en mi por primera vez. Tiene el pelo algo más escaso de lo que recordaba, y también está más delgado. Está muy bien rasurado como siempre que juega el papel de hombre cosmopolita. Mi viejo amante de toda la vida se inclina y me besa, no en la mejilla sino en los labios. Chistoso que haya olvidado su manera de besar y por qué lo había besado durante 17 años. Susurró algo en mi oído que no entendí muy bien porque la música comenzaba a escucharse, pero fue algo como, Te veo más tarde. Sonreí y él sonrió y Vicky sonrió, los tres conscientes de los tantos ojos que estaban fijos en nosotros, y Agustín subió al escenario a tocar para Manolo.

Creo que pedí tres vasos de tequila durante el show, pero podía estar equivocada. Vicky dijo que no los contó, pero que ella había tomado uno más que yo y que ya era hora de irnos a casa. Viendo a Manolo bailar después de tantos años acompañado por la vehemente guitarra de Agustín, me estremecí hasta lo más profundo. Manolo bailó mejor que nunca y Agustín tocó más exquisitamente que lo que jamás recuerdo. ¡Que pareja! Suspiré quedamente, porque aunque odiaba un poco a los dos, también los amaba, tanto, por el talento que tenían como por los buenos momentos que pasé con ellos, juntos o por separado, en el escenario y fuera de él. Tan pronto pongo el vaso del que sería el último trago de la noche, Manolo me toma la mano por sorpresa.

Ni siquiera me había dado cuenta que había terminado su actuación. Otros bailarines seguían en escena acompañados por Agustín. Ven conmigo, dijo Manolo. Me levanté y dejé que me llevara a una oficina detrás de la cocina. Allí había trajes y maquillajes por dondequiera. Ropas de calle colgada en percheros, otras tiradas en el piso. ¿Qué quieres? pregunté a Manolo, como si fuese necesario, cuando cerró la puerta y escudriñó mi rostro con incredulidad. Sí, soy yo, dije sarcásticamente justo antes de que Manolo me besara por primera vez después de cinco largos años.

¿Eres tú? murmuró, quitándose su chalequillo, y subiéndome la falda. Manolo, eres tú, me pregunté a mí misma pero no lo digo en alta voz, y entonces temblando un poco, mi Manolillo cae de rodillas y le oigo susurrar, Sí eres tú … quién otra iba a ser.

Dos: Eres como el enano que se creía alto . . .

Eres como el enano que se creía alto porque podía escupir lejos, le dije a Agustín una noche cuando vino a mi azul y dorado condo con vista al lago. Agustín se rió cuando bromeando usé ese dicharacho gitano. Como en los viejos tiempos, trajo una botella de Carlos Primero. ¿Cómo están tu esposa y tus hijos? Pregunté sacando dos copas. Pero me sorprende al decir, Para mí no, ya no bebo. Entonces pregunta ¿qué hijos? Vamos Agustín, le digo. Y pienso, a los tigres no se le borran las rayas. Y qué si es un músico maravilloso y fue el hombre de mi vida por tanto tiempo. ¿Y qué? Nueve Agustín, ¿te olvidaste que tienes nueve hijos incluyendo unos gemelos? Vamos, repetí, Courtney me lo contó todo y también el cantaor que trabajó con ella. Entonces, ¿quieres un expreso? Me dirijo hacia la cocina y él me sigue. No, ya tampoco tomo café. Me cae mal.

¿Qué quieres entonces?

¿Tienes Diet Coke? dice.

¿Diet Coke? Parece que el tigre mandó su traje de rayas a la tintorería, me digo. Antes de preguntarle sobre sus nuevos gustos en bebidas, Agustín, con un aspecto de confusión en el semblante, dice, ¿Courtney? ¡Creí que sabías más que eso, guapa! Y se echa a reír. ¿Desde cuando una gitana como tu cree lo que diga una mujer que

siempre ha tenido celos de ti? Dice. Y ese tipo … ese diría cualquier cosa por un trago gratis. No me sorprendería si tuvo una cosilla con ella. Y no exagero cuando digo una cosilla.

No fumes en mi casa, le dije, me afecta la voz. Mira a su alrededor, ve que no hay ceniceros y se va al fregadero para apagarlo. Uyuyuy, dice como si yo estuviese dándome aires de grandeza. Cuando al fin lo tira, le digo, ¿Ahora me vas a decir que no tienes nueve hijos? Sirvo los dos vasos de Diet Coke mirándolo de soslayo y antes de tomar un sorbito me doy cuenta que Courtney me tomó el pelo de veras. Agustín niega con la cabeza. Ni uno, ni siquiera tengo una esposa, Me dejó por un gachó. No la culpo, ni siquiera fui detrás de ella. ¿Sabes qué? Seis meses después que me abandonó, me enteré que estaba embarazada. ¿Tu crees que fue solo culpa mía?

No, cómo de costumbre tu memoria falla cuando te conviene, le digo, pero no quiero esta conversación. Me alegro por Inmaculada. ¡Me enteré que es muy buena bailarina!

Agustín ríe de nuevo, ¡Ja! Carmen, te eché tanto de menos. Eres única, pero esa Courtney bien que te supo tomar el pelo. Mi esposa no es bailaora. Ni con sus dos buenas piernas jamás hubiese podido competir contigo, ¡jamás!

¿Por qué has venido? le pregunto a Agustín, visiblemente molesta. Además de lo que es obvio, añado. Me mira de la misma manera que me miró esa noche en el Olé Olé al verme salir de la oficina con Manolo, como si en su anticuada manera de pensar yo aun le perteneciera. Desde entonces no le había visto ni a él ni a Manolo. Fue como si en una sola noche nada hubiese cambiado entre los tres. Agustín no me quería dejar y Manolo seguía indeciso.

No existe razón alguna por la que no podemos empezar de nuevo, dice Agustín. ¿Ves lo que digo? pregunto. Tu te crees demasiado, ¿no es así, querido? La verdad es que me sorprendí a mí misma al dejarme conmover por Agustín la otra noche, pero no lo admitiría.

Te admiro más que nunca, dijo. Gracias por la soda. Me dio otro beso en la boca antes de irse. No sé porque se lo devolví.

Me dio la gana.

. . .

Después que Manolo y yo hicimos el amor apresuradamente como unos ladrones deseosos de salir rápidamente de la oficina del Olé Olé, no esperé que él me llamara o me buscara. Él no lo había hecho cuando regresó a Chicago, aparentemente algunos meses antes de que mi hermano Abel lo viera por la calle. No me buscó hasta que me le aparecí una noche como una furia en su cuartucho. Aun así, nos unimos como si fuese la cosa más natural del mundo cuando él me llevó de la mano por delante del cocinero mexicano, y de los ayudantes guatemaltecos y de la mesera gringa gaché al pequeño vestidor improvisado. Nos besamos y abrazamos como dos soldados que regresan del frente de batalla, nos compusimos de nuevo y seguimos por diferentes caminos.

Tampoco esperaba que él se apareciese a mí puerta como Agustín. Es absurdo, pensé. Han pasado los años. Sola he pasado un infierno detrás de otro. Y justo cuando estoy saliendo adelante, Agustín y Manolo se me aparecen como si solamente se hubiesen ausentado por un día, ni siquiera un día, como si solo hubiesen salido a comprar un paquete de cigarrillos o algo que beber, y los dos me miran sin entender por qué estoy tan sorprendida de verlos. Todavía estoy enojada con Agustín y más aun con Manolo. Pero la noche en que Agustín vuelve sin invitación por segunda vez, le dejo entrar.

¿Qué te pasó en la mano? le pregunto. La mano con la que toca la guitarra está completamente vendada. No es nada, dice. Un pequeño accidente. Saca sus cigarrillos y le cuesta trabajo sacar uno. No fumes aquí, le digo. Ah, da lo mismo, dice y tira los cigarrillos a un lado. Hablamos de mi nueva vida como cantante, los conciertos con Homero, mis planes futuros. Mira alrededor y me dice, Carmen, no te culpo si me odias.

No te odio, le digo. De veras, no lo odio. Tal vez un poco. Le odio menos con cada beso que me roba. Todos los ¿te acuerdas? me hacen reír y sonreír y sacudir la cabeza de lo tremendos que éramos, y hasta la noche en que quiso quedarse para atrapar a Manolo nos resulta divertida de la forma en que él lo cuenta. Y Agustín dice, ¿Tú sabes qué es divertido de verdad? ¿Qué? pregunto. *Esto,* dice levantando la mano vendada. *Esto* si que es divertido. No entiendo, digo. Todavía no me ha contado del accidente. ¿Tu accidente es divertido? pregunto. ¡Ja! dice Agustín. ¡Tremendo accidente!

Se levanta, recoge su paquete de cigarrillos, me mira y se detiene. Manolo finalmente tomó su venganza contra mí, dice.

¿Manolo te hizo eso? pregunto.

Fue durante un juego de barajas, dice Agustín. ¡Me acusó de hacer trampa y me hizo esto! Aun Agustín no me dice que le pasó a su mano, pero puedo imaginármelo. Imaginármelo y decírmelo a mi misma. Ya basta. ¡Ustedes no son niñitos o quizás lo sean! Si se van a matar por un juego de barajas, váyanse a donde marcharon antes. Déjenme en paz. Los dos. Lo mismo le diré a Manolo … si es que lo veo.

Cálmate, cálmate, dice Agustín sujetándome. Te amo como siempre y también él. Lo reté a un juego de barajas la otra noche. Era hora de ver quien era el mejor jugador. Él me acusó de hacer trampas. Y justo cuando iba a recoger el dinero, me atravesó la mano …

¿Qué te hizo? pregunto.

Agustín me sonríe. Bueno, creo que es obvio. ¿Pero por qué te alteras? No eres *tú* la accidentada. Quién sabe cuando pueda volver a tocar la guitarra ¡o si podré volver a tocarla! Ya casi no bailo, ¡quizás tenga que tomar clases de cante *contigo*...!

Estoy alterada por el hecho de que Manolo es un jugador empedernido, un malandrín de diente de oro. Por supuesto que siempre lo supe pero no lo quise creer. Cuándo al fin lo puedo decir, no solo lo digo, sino que recorro toda la casa delirando, ¡Ay madre mía! ¡Cómo es posible que he estado echando de menos a un criminal inútil! Okay, quizás sea un gran bailarín y también un gran amante, lo siento Agustín, pero, mira ¡Ahí está la prueba! Apunto a las manos de Agustín, me sirvo un coñac, lo trago de un golpe, me limpio los labios y sigo con mi cantaleta, medio hablando sola, medio dirigiéndome a Agustín. Cálmate, cálmate, dice finalmente. Él está increíblemente calmado para un nombre que ha perdido por ahora toda su capacidad de subsistencia.

¿Y ahora qué? le pregunto a Agustín. ¿Vas a vengarte de Manolo por lo que te hizo en la mano?

Agustín ríe. ¿Por qué debo hacerlo? Y ríe otra vez. Después de todo yo fui quien hizo trampa.

Tres: No solo una rosa de tallo largo...

No solo una rosa de tallo largo, sino treinta. Tantas fueron las que me trajo Manolo una noche. Media docena por cada año que estuvimos separados, dijo.

Pasa, dije. Tiré el enorme ramo en el sofá y regresé a la cocina.

Me había encontrado pelando unos camarones frescos para la cena, con el delantal puesto, con el pelo recogido en un moño. Peor aun, no me había pintado los labios. Nunca jamás me ha visto sin mi lápiz labial rojo, ni siquiera Vicky, para quien preparaba la cena de esa noche. Quiero que conozcas a mi nueva novia, me había dicho días antes. Esta puede ser *la* mera mera. Desde que me mudé al edificio de Vicky me di cuenta que a pesar de su dedicación al trabajo y a su hermano Virgil, aun le quedaba tiempo para divertirse. Cada vez que me encontraba con ella en el pasillo tenía alguna chica entrando o saliendo de su apartamento. ¿Entonces qué? le pregunté. ¿Qué quieres decir? dijo ella. Como una profesional que se desenvuelve en un mundo lleno de conceptos puritanos acerca del amor, Vicky mantenía su vida gay muy privada. Bueno, ya es hora que la traigas a conocer a tu "familia", dije a mi comadre.

Nunca había preparado fricasé de camarones. Pero una noche, leyendo la crónica de la Conquista de México del Fraile Sahagún, encontré su descripción de un plato azteca que resultó ser fricasé de camarones. Lleva montones de ingredientes que empiezan con la letra P, pepitas de calabaza, pimientos, chile piquín y por supuesto camarones grandes *pelados*. Así es que allí estoy, pelando camarones, cuando el amor de mi vida regresa.

Hay mucho más acerca de la Conquista de México, como he aprendido además de sacar recetas indígenas. Fue una historia de amor y traición, como prometen esas novelas románticas que venden en las tiendas de abarrotes. Una historia de dos grandes hombres, uno vive y el otro muere. Y una gran, aunque incomprendida, mujer. Gran drama. No podía resistirlo. Todas las noches leía unas pocas páginas de la enorme edición que saqué prestada de la biblioteca, hasta que me quedaba dormida llorando. Ya pasó la fecha de vencimiento para devolver el libro.

¿Cómo encontraste la casa? Pregunté a Manolo y regresé a mis camarones aztecas. Tu madre me la dió, contesto Manolo. Llevaba una camisa de seda azul-medianoche debajo de su chaqueta. Cuando me dio un besito en los labios, inhale profundamente. Olía bien, tenía un aroma de anís. No era colonia o loción para después de afeitarse. Era Manolo.

¿Mi madre? pregunté. ¿Por que iba a darte mi dirección? ¡Ni siquiera te conoce!

Bueno, ahora sí me conoce, rió Manolo. Le dije que voy a ser su yerno y me dijo, Mira, aquí es que vive.

Manolo, eres un comemierda. Posiblemente fue el vago de mi hermano Abel quien te dio mi dirección. Ese vendería a su propia abuela por un soborno.

No, Manolo insistió, fue mi futura suegra. También te manda decir que no te olvides de ir el sábado por la mañana a hacerle las tortillas a tu padre.

Ahora sé que fue mi madre. Pensé mencionarle que Agustín había venido con su mano vendada, pero cambié de idea. Eso era algo entre ellos. ¿No quieres poner las rosas en agua? preguntó Manolo. Parecía dolido por mi desprecio a su regalo. Pero ni todas las rosas del mundo lograrían hacerme olvidar cinco años perdidos. Hazlo tu, dije. Los jarrones están en el armario. Manolo recogió las flores, que habían caído pesadamente al sofá como un cadáver, y las puso en jarrones y floreros, chupándose los dedos cada vez que se clavaba una espina. Mientras, yo cantaba bajito ante la estufa. No hablamos hasta que Manolo terminó. Te quedaron muy bien, dije con indiferencia, mirando los jarrones que había colocado por la sala. Sonrió. Tomó mi mano justo cuando iba a hacer un puré en la licuadora, el moderno equivalente del molcajete que los aztecas usaban para moler. Consciente de mi misma me llevé la otra mano a la nariz. Tal como pensé, olía un poco a marisco. Me quité la hebilla del pelo dejándolo caer sobre mis hombros. No había imaginado mi encuentro con Manolo luciendo como una pescadera del mercado. Pero él no pareció notarlo. Tragó en seco y dijo, Carmen, no he venido antes porque estaba avergonzado.

Sí, dije. Preferiste a tu amigo antes que a mí.

No, dijo Manolo, escogí a mi padrino ... tuve que hacerlo porque mi padre así me lo pidió en su lecho de muerte, por nuestras costumbres, por muchas razones que tu no aceptas. Yo entiendo. No eres una de nosotros. Eso me duele. No debí haberte dejado amarme si creía que tú y yo no debíamos estar juntos.

Entonces, pregunto retirando mi mano con aroma de mariscos, ¿Por qué has venido esta noche?

Manolo se paseo por un minuto. Carmen, te convertiste en mi vida. Tú lo sabes. Y siempre serás mi vida. Cuando decidas que también yo soy tu vida, dímelo. Tengo una función esta noche, si quieres pasa a verme más tarde. Si no, ya sabrás como encontrarme.

¿Y si no vuelvo a buscarte, Manolo? pregunté. Si esperando tu retorno por tanto tiempo, tal como hiciste esta noche, con los brazos llenos de rosas para mi y tú ... Bueno, ¿qué podía decir de Manolo que mis ojos no le estuviesen diciendo ya? ¿Qué tal si toda esa espera borró cada onza de deseo hasta el punto de impedirme levantar el teléfono para llamarte?

Manolo asintió. Sacó su desgastada billetera del bolsillo trasero de su pantalón para mostrarme algo. Era un viejo y amarillento recorte de periódico envuelto en plástico, con una foto de los dos. MANOLILLO Y CARMEN LA COJA, decía, FUNCIÓN EL SABADO POR LA NOCHE. Me lo mostró y lo guardó de nuevo, Es mi amuleto de la buena suerte, dijo.

Cuatro: Donde hay placer la costra no pica...

Donde hay placer la costra no pica, dijo Agustín una noche cuando volvimos a ser amantes, con todo y mano perforada. Es otro de sus viejos refranes Rom. *Sarapia sat pesquital ne punzava* es lo que realmente dijo.

¿Eres tú la costra o soy yo? pregunté. Le miré la mano con suturas en forma de cruz por un lado y por el otro. Sacudí la cabeza. Manolo, pensé. Manolo, suspiró Agustín. ¡Ay, ese chaval! Y nos quedamos dormidos.

Como si dormir de nuevo con Agustín en esta vida, dormir y otras cosas no fueran ocurrencias bastante peculiares, un extraño déjà vu y una venganza de la vida, y también el hecho que ya no estaba obsesionado con Manolo. Lo esperé durante cinco años y durante cinco años no hice otra cosa que pensar en volver a estar con él. Pero desde que hicimos el amor en la oficina trasera del restaurante todo eso terminó. Mi corazón está en paz porque Manolo me ha probado que nunca dejó de amarme.

Aun quedan cosas que Manolo no ha resuelto. Todavía pertenece a la noche. Todavía pertenece a un lejano país de cuentos de hadas de Grimm, a costumbres que estoy muy convencida no sirven de nada a mujer alguna, calorrá o no. Así es que cuando veo a Manolo, mi machorro, otra vez, cuando regresa otra noche y me toma por los hombros y me dice, Carmen dame otra oportunidad, todo lo que puedo decirle es uno de los refranes de Agustín. Un perro y un lobo no caben en la misma casa.

Un perro y un lobo nada, dice Vicky. ¡Tú querrás decir tres lobos, muchacha!

¡Sienta cabeza, hija! dice Amá cuando le cuento mi dilema.

Escoge a uno o a ninguno pero ya sienta cabeza con alguien. Todavía puedes tener hijos si quieres.

Un elote recogido cuando aun está verde no tiene sabor, me digo. Así me siento con Manolo. Pero a veces cuando Manolo llama le digo, Está bien, puedes pasar a verme. Él también ha continuado sus experimentos culinarios (con demasiado ajo). Pero el amor lo mide muy bien.

Seguro, ¡ven! también le digo a Agustín otras noches cuando llama, ya que al fin ha aprendido a llamar, de lo contrario se queda fuera. Y cuando no quiero ver a nadie, no contesto el teléfono, cierro bien las persianas, pongo mi propio CD en el nuevo estéreo de seis bocinas y bailo por todo el apartamento. Y bailo y bailo y bailo.